いじわる令嬢のゆゆしき事情

灰かぶり姫の初恋

九江　桜

20090

角川ビーンズ文庫

Characters

いじわる令嬢のゆゆしき事情

イザベラ（ベラ）

フェルローレン男爵家の令嬢。
義妹であるアシュトリーテを
更生させようと必死。
怒りっぽいのがタマにキズ。

フリートヘルム（フリッツ）

イザベラの幼馴染み。
紳士的で物腰柔らかな
伯爵家の跡継ぎ。

イラスト／成瀬あけの

クラウス

イザベラが湖畔で出会った上流貴族。
常に自信に満ち、イザベラを気に掛ける。

アシュトリーテ(リーテ)

フェルローレン男爵家の令嬢。
絶世の美貌を持つが、身なりに頓着せず
大好きな家事に勤しむ。

エリック

ノルトヘイム王国の第二王子。
爽やかで正統派な美形。

ドミニク(ドーン)

ヘングスター男爵家の跡継ぎ。
イザベラの元婚約者。

contents

一章　男爵家の三姉妹

「いい加減に……っ、しなさいよ、このお馬鹿！　何回言わせれば気が済むの！」

厨房のただ中で、フェルローレン男爵家の長女であるイザベラは怒声を放っていた。

短い夏を楽しむはずの男爵家別荘から聞こえるのは、笑い声ではなくイザベラの叱責だった。

「またスカートに灰がついてる。灰の中で眠るなんて汚い真似するからよ！　そんなに燃え滓が好きだってんなら、あんたのこと灰って呼ぶわよ、リーテ！」

吊り上がった目でイザベラが睨み下ろす先には、灰でくすんだ使用人服を纏う少女が床磨き用ブラシを握り締めて座り込んでいた。

三角巾から零れ落ちる繊細な髪は白金に輝き、イザベラの叱声に潤む瞳は快晴の空のように澄み渡った色をしている。唇や鼻は小作りで、秀でた額は美しい半円を描いていた。細い手足は頼りなげで、守ってあげたくなるか弱さと可憐さを併せ持つ。

フェルローレン男爵の娘アシュトリーテは、ぼろを着てなお輝くばかりの美貌の持ち主だ。

「アッシュでも、構わないけど。……でも、イザベラ」

「でもなんて言い訳しないの！　いったいいつからそこ掃除し続けてるの？　どれだけ鈍間な

のよ。いつもそうやってやらなくてもいいことをぐずぐずと！」

比して怒鳴りつけるイザベラは、黒くごわつく剛毛を押さえつけるように、幾つもの髪留めを使って纏め上げている。黒い瞳は吊り気味で、怒りで険の目立つ表情は近寄りがたい。

終わらないイザベラの説教に、リーテは俯き言われるがまま。そんな状況を覗き見る使用人は、厨房の入り口で身を寄せ合い、互いを肘で小突き合っていた。

「ちょっと、誰か止めなさいよ。あれじゃアシュトリーテさまが可哀想よ」

「イザベラさまになんて言うんだ？　正妻の娘だぜ。歯向かったら俺らが辞めさせられちまう」

「なら、アシュトリーテさまこそ男爵家の一人娘じゃない！　あっちは後妻の連れ子――！」

声を大にした女使用人に、他の使用人は慌てて口の前に指を立てた。

「だからこそだよ。男爵さまの愛情がなくなったアシュトリーテさまは、こうして継子虐めされてても誰も助けられねぇんじゃないか……」

口惜しそうに、使用人は歯噛みする。家事をして怒鳴りつけられるリーテを助けるには、使用人では力不足だ。できるのは、リーテを見守り、イザベラの目を盗んで慰める程度のこと。

イザベラは背後に集まる使用人に気づかず、リーテを睨み下ろした。

「そんな汚い格好で掃除するなんて、綺麗にしながら汚れ落として行ってるようなもんじゃない。だからいつまで経っても床掃除一つ終わらないのよ！」

「だって……、新しい服ちょうだいって言っても――」

「あんたにあげるわけないでしょ、お馬鹿！　自分の立場わかってんの？」

威圧するイザベラに、リーテは両手で掃除用ブラシを握り締めて顔を上げた。

「うん、わかってる。……だから」

「嘘吐かないの！　わかってないから、こんな所でぐずぐずしてるんでしょ。さっきあたしが言いつけたこと覚えてる？　それとも覚えてるから、やりたくなくてここで床と睨めっこしてるの？」

胸の下で腕を組み直すイザベラのささやかな膨らみに対して、違うと首を振るリーテは痩せぎすのきらいはあっても出るところは出ている。

容姿も体型も対照的な義理の姉妹を見比べて、男使用人が鼻を鳴らした。

「女の嫉妬は醜いぜ。あぁいう根性曲がりだから、貰い手もないんだろ」

「本当にどうして……。本物のお嬢さまのアシュトリーテさまが服の一つもままならないなんて。奥さまも天国でお嘆きでしょうに」

老いた使用人が目元を拭えば、一度大声を出した女使用人が爪を噛んで考え込んでいた。

「そうよ。別荘にいらしてから一度だって、アシュトリーテさまのドレス姿見てないわ。せっかくの社交期なのに、どうして着飾ることも許されないの？」

服も満足に与えられず、年頃の少女が髪を梳かす間も惜しんで掃除に洗濯にと勤しんでも、放たれるのはイザベラの怒声ばかり。

「もう我慢できない！　アシュトリーテさまをお助けしなきゃ！」

「おい、ケーテ。早まるな……っ」

　仲間の制止も聞かず、拳を握った使用人のケーテは厨房へ足を踏み入れようとした。途端に背後で激しく手が打ち鳴らされ、使用人は肩を跳ね上げる。

　背後では、赤い縮れ毛の男爵家次女ヴィクトリアが半眼になって眺めていた。

「いつまで仕事ほっぽり出してんの。さっさと持ち場に戻りなよ。……特にケーテ。余計なことするなら、まずは自分の仕事終わらせてからにしな」

　居丈高に命じる声音に、イザベラもようやく怒鳴るのをやめた。

「ヴィヴィ、びっくりするじゃない。なんなのよ、いきなり」

　蜘蛛の子散らすように解散する使用人に一瞥を向けて、ヴィヴィはイザベラへと呆れた視線を巡らせる。

「気づかないとか……。ま、いいや。で、そっちもいつまでやってんの？　せっかく別荘来たのに毎日ベラの怒鳴り声とか、いい加減にしてほしいんだけど」

　イザベラは肩を怒らせ、実妹にも容赦なく声を荒げた。

「そんなこと言うくらいならあんたも手伝いなさいよ！　それに、その言葉遣いもやめなさいって言ってるでしょ。はしたない！」

　一つしか年の違わないヴィヴィは、イザベラの怒声など左から右へと聞き流してリーテへ目を向ける。

「てか、リーテが言うこと聞けばいいだけでしょ。さっさと風呂行きなよ」

ヴィヴィの言葉に、リーテは手にした掃除用ブラシを見下ろして眉を下げた。

「えぇ？　やだよ……。わたし、お風呂嫌いなの、知ってるでしょ？」

リーテの口から出た否定の言葉に、イザベラは全身を戦慄かせた。

「やだじゃないでしょ、このお馬鹿！　本当にアッシュって呼ぶわよ！」

「それはいいよ。わたし、灰好きだもの」

「そういうことじゃないの！　あぁ、もう……」

リーテの的外れな答えに、イザベラは額を押さえる。

そんな両者に呆れたヴィヴィは、だらしなく壁に凭れて肩を竦めてみせた。

「だから言ったじゃん。本邸離れた程度で変わるわけないって。散々使用人に協力してもらって無理だったのに、こっちで更生なんてできるわけないっしょ」

「何言ってんの、ヴィヴィ！　まだここじゃ上手くやってるほうじゃない。三日に一回は髪を梳かすし、顔だって毎日洗ってるわ。土いじりもさせてないからまだ服も灰の汚れだけでしょ！」

「それ、ベラが怒鳴ってようやくじゃん。普通の男爵令嬢よりずっと下だからね。まだまだお嬢さまって枠には入らないから」

ヴィヴィに突きつけられた現実に、イザベラは言葉に詰まって目を逸らす。視線の先では、リーテがまた厨房の床についた油汚れとの格闘を再開していた。

「こら、リーテ！　掃除はもうやめなさいって言ってるでしょ。お風呂掃除のついででいいから、あんたの体の垢も落としてきなさい！」

「お掃除は好きだけど……。体洗うのは嫌なの。めんどうなんだもん」

誰もが守ってあげたくなるか弱さだが、言葉の内容にイザベラは眉を吊り上げる。いい加減、説教だけではリーテが動かないとわかっていた。

「あぁ、そう……っ。じゃあ、灰の好きなお馬鹿さんでもやれる仕事をあげようじゃないの！」

引き攣った笑みを浮かべたイザベラは、リーテの腕を摑み引き立たせる。無理矢理引っ張られたリーテは声を震わせた。

「え、やだよ……。お風呂は、や、いや………！　乱暴しないで……っ」

掃除用ブラシを取り落とし、泣き言を口にするリーテに、ヴィヴィは目を眇めた。周囲には泣き声に反応した使用人の、心配や義憤に彩られた目がある。

「……やっぱ、卑怯すぎ。顔ばっかでリーテの中身なんてお構いなしじゃん」

イザベラはヴィヴィを振り返り、ついてくるだけの妹に声を上げた。

「ちょっと、ヴィヴィも手伝ってよ。こら、リーテ。ちゃんと歩きなさい」

「やだよ。リーテに関わると碌な目に遭わないって、一年前に学んだから」

ヴィヴィは無碍な言いようで拒否する。イザベラは厨房を後にして廊下を右に曲がり、憤然と言い返した。

「だからって、誰も何もしないんじゃ、この子一生このままよ！　早くに母親を亡くして甘やかされて、使用人まで嫌がることは何もさせないままできたから、こんな美貌の持ち腐れになって。お義父さまもリーテをどう注意していいかわからなくて困ってたんじゃない！」

初めてリーテと出会った日を、イザベラは忘れられない。住み込みの家庭教師として雇われた母と共に訪れた男爵家で、気まずそうに紹介されたのは、使用人よりも身なりが貧しい男爵令嬢だった。

母は家庭教師、イザベラとヴィヴィは遊び相手として共に生活して一年。義理の姉妹となってまた一年が経ち、ようやく改善の兆しが見えてきたのだ。

家畜小屋の藁の塊にも似た縺れ傷んだ髪が、今では金糸の如く輝いている。ここで諦めてしまえば、また元の惨状に戻るのは目に見えていた。

イザベラが進む先には、洗濯の干し場に繋がる裏口。木戸を押し開けば、朝一番の洗濯物が木々の音に合わせて揺れている。

「で、リーテに何も言えなくなってた使用人説得して、お義父さまに造らせたリーテ専用厨房に乗り込んで、怒鳴って言い聞かせて……ようやくこれ？」

手を貸す気のないヴィヴィが指すのは、風呂は嫌だと大きな瞳から涙を零し可憐に泣くリーテ。どんなに汚い格好でわがままを言っても、元の顔の良さが全てを覆い、なんの落ち度もない純粋で清らかな存在に見せかけていた。

「割に合わないわぁ。一年かけてもリーテの意識、何も変わってないじゃん」

本人に変わる気がないのに気力と体力を使うだけ無駄だと、ヴィヴィは失笑する。生意気な妹の言葉に頷く心中を抑え込み、イザベラは前を向き直して言い募った。

「それでも、このままってわけにはいかないでしょ。――少年老いやすく、学なりがたしって言うんだから。女の子なら……、少女老いやすく、良縁なりがたしってところよ」

「ベラ、そこは命短し、恋せよ乙女でいいんじゃない？」

「このリーテが自分で恋してくれるならそれがいいわよ！」

勢い怒鳴るイザベラの勘気など何処吹く風で、ヴィヴィはリーテを見た。

「あぁ、無理っぽいねぇ。アッシュなんて呼ばれて灰が好きだとか言っちゃうリーテと、誰がどうやったら恋に落ちるんだか」

想像がつかないと全否定するヴィヴィに、イザベラは別荘の塀沿いを右手に進みつつ拳を握った。

「一つ二つの欠点なんて愛嬌よ。リーテだったらいける！　あたしは諦めないわよ！」

「諦めてよぉ……」

嫌々ばかりのリーテは、イザベラの決意に不平を漏らす。

恨めし気に見上げる姿も、愛らしさを失わないリーテを引き摺って、イザベラは別荘の角を曲がった。

「そうはいかないわよ！　あんたが行き遅れたらお義父さまが困るの。娘を嫁に出せないなんて、貴族の間じゃ笑われるのよ！」

「てか、ベラ何処いくの？　ここ厨房の外じゃん。何もないでしょ」

ヴィヴィの問いでようやく行き先が風呂場ではないと気づいたリーテは、目から涙を拭うと辺りを見回した。

イザベラの目の前には、地面を覆う敷布とその上に山と積まれた莢入りの豆。

豆剝きの準備が万端に整えられた光景に、リーテの表情は一瞬で輝いた。

「掃除して汚れてもお風呂は嫌なんて言うなら、せめて服を汚さない仕事しなさいよ」

言ってイザベラが手を放すと、リーテは落ち着きなく豆の山と義姉を見比べる。

「いいの？　これ、全部剝いていいの？」

「いいわよ。……ただし、ちゃんと敷布の上でやること！　終わったら豆の屑はきちんと払い落とすこと！　これくらいは守りなさいよ」

首を激しく上下に揺らしたリーテは、飛びつくように豆剝きに取りかかった。

嘆息するイザベラの隣で、ヴィヴィは莢から豆を取り出す様子に肩を竦める。

「あれ、何が面白いの？　あんな量一人でこなせとか、くそつまんない重労働じゃん」

「豆を剝いた後に、中身の詰まったいい豆か悪い豆かを選別するでしょ？　あれで水に豆を入れて、浮いてくるのを見るのが楽しいらしいわよ」

ヴィヴィの問いに答えるイザベラも、リーテの趣味嗜好に理解が及ばず無意識に首を捻った。

赤毛を弄り出したヴィヴィは、わからないとはっきり口にする。

「てか、あれだけの豆どうするの？　どうせリーテは食べないじゃん。身の柔らかい川魚しか食べない上に、豆添えたところで避けるし」

口角を下げたイザベラは、摑んだリーテの腕の細さを思い出し唸り声を上げた。

「うぅん、やっぱりもっと食べさせなきゃ。顔色も悪いし、元の色が白いから余計に傷も目立つし。昨日も何処かで打ち身作ってたし……」

対策を練ろうと呟いたイザベラに、豆しか見ていなかったリーテは顔も上げず声を発した。

「やだよ、わたし。お肉も野菜も嫌いなの、食べたくないの。お豆も土臭くていや。パンも嚙むと顎が疲れるから嫌い。ずっと言ってるのに、どうしてまだ食べさせようとするの？」

わがまま放題の発言に、イザベラが怒鳴ろうと息を吸い込んだ途端、ヴィヴィは口を挟んだ。

「そう言えばさ、ベラ。噂になってんの知ってる？」

脈絡のない問いに、イザベラは叱りつける言葉を飲み込む。目でヴィヴィに先を促すと、不躾に指を突きつけられた。

「フェルローレン男爵家では今、継子虐めが行われてるってやつ」

「……え、…………は？　えぇぇぇえ！　何それ、信じられない。そんなでたらめ――！」

イザベラが嚙みつくように声を荒げると、ヴィヴィは半眼で一瞥を投げた。

「だから、それ。あたしずっとうるさいって言ってたじゃん。ベラ怒鳴りすぎなんだよ。リーテも高い声で泣き騒ぐし。別荘の外にまで響いてんだよ？　なのにベラはすぐかっとなって、ぎゃあ、ぎゃあさ。ねぇ、リーテ？」

自覚すべきだと言うヴィヴィは、豆剝きに必死のリーテへ同意を求める。一も二もなく頷いたリーテは、興味ないような様子できちんと聞いていた。

「うん……、怒鳴りすぎだと思う。もっと、優しくしてくれても、いいよ？」

「調子に乗らないの、お馬……っ、か」

怒鳴りそうになる勢いを嚙み殺すイザベラに、ヴィヴィは意地の悪い笑みを向ける。姉としての矜持を搔き集め、イザベラは喉に迫る叱声を飲み込んだ。

「わかったわよ……っ。怒鳴らないようにする。けどね、リーテ。あたしは更生の手を緩めるつもりはないからね。絶対にお風呂には入ってもらいますから」

「えぇ？　もうお風呂やだぁ……。顔は洗ってるのに、まだやるのぉ？」

豆を剝きながらぶつぶつと不満を口にするリーテを眺めて、ヴィヴィは感慨深げに呟いた。

「昔は泡も立たないくらい汚かったのに、今じゃ一回の泡立てで済むようになってるし。お風呂に入る時間も短くて済むようにはなったじゃん」

ヴィヴィの肯定的な言葉に、イザベラは勢い込んで反応した。

「でしょ！　やっぱり日々の積み重ねが大事なのよ。その内リーテも自分からお風呂に入るように――！」

「ならない！　ならないからもうやめようよぉ……」

青い瞳を豆から逸らして、リーテは訴える。そんな泣き落とし程度でもはや小揺るぎもしないイザベラは、腕を組んで義妹を見下ろした。

「ならなきゃ駄目なの。いい？　今は年に一回の社交期よ。この湖周辺に国中の貴族が集まってるの。普段はお近づきになれないような上流貴族とも出会える数少ない機会なのよ」

「わたしまだ社交界に出てないから、関係ないもん……」

小さく反論するリーテに、イザベラは言い聞かせた。

「確かにリーテが社交界に出るのはまだ先よ。社交界に出てなきゃ子供扱いだもの。どんな貴公子からも相手にされないわ。これは年功序列だから、リーテはどうしてもヴィヴィの後。今年は無理よ」

けれどと続けようとしたイザベラに、ヴィヴィは茶々を入れる。

「別にリーテが先でもいいし。年功序列っても、あたしら養女だからリーテ優先してもいいっしょ」

「駄目なの……っ。順番も守れない、慣例を軽んじるなんて見られたら嫁ぎ先が減るわよ。何を言っても今年はあんたが社交界に出る番よ、ヴィヴィ」

怒鳴りそうになる声音を抑えて言い聞かせると、今度はリーテが口を挟んだ。

「やっぱり、わたしの身嗜みとかお風呂とか、今はまだ関係ないよ」

「何言ってるの、お馬鹿さん。リーテなら湖で舟遊びでもすれば誰の目にだって留まるわ。そうすれば、来年でも再来年でも社交界に出た時の摑みが違うのよ。……誰にも見向きもされないより、注目されるほうがいいんだから」

ふと顔を上げたリーテは、無垢な表情で問いを投げた。

「それ、イザベラの経験？」

「……っ！　…………い、一般論、よ」

言い淀むイザベラが声を絞り出すと、ヴィヴィが失笑する。

「そんなこと言うなら、少しはお義父さま慰めれば？　下手な相手あてがったって、まだ気にしてんだから。ま、どうせ二人で謝り合戦して何も言うことなくなるんだろうけど」

「わかってるなら今は自分の心配してなさいよ！　ドレスも自分で用意するとか言ってあたしに手出しさせないし！」

気まずい思いを怒りに変えつつ、イザベラは片手で痛む胸を押さえた。

社交界では舞踏が鉄則。社交界に出るのなら、踊る相手と同伴でなければならない。そして社交期の舞踏会は、貴族による貴族のためのお見合いの場なのだ。

婚約者がいるなら結婚を前提とした付き合いのお披露目になり、未婚者は兄や既婚の男性に依頼して踊ることになる。

昨年社交界に出たイザベラには、義父となったフェルローレン男爵が婚約者を用意した。けれど春を前に、その婚約を破棄したのだ。相手に非があることとは言え、義父の交友関係に罅を入れる事態になったことが、胸の内に重くのしかかる。

「……お義父さまのためにも、あたしがリーテを更生させなきゃ」

声にしない呟きは、隣のヴィヴィにも聞こえてはいない。

婚約破棄で気落ちした義父を元気づけるには、愛娘であるリーテを何処に出しても恥ずかしくない淑女にすること。そう思い決め、イザベラは胸に当てていた手で拳を握った。

「別に、ドレスとかは自分でどうにかするけどさ……」

呟くヴィヴィは赤毛の先を抓んで、別荘を囲う煉瓦塀を見つめていた。

「ね、ベラ。踊る相手ってさ、やっぱりお義父さまが決めてくるのかな？」

囁くように吐かれた問いに、イザベラは探りつつ答えを口にする。

「そりゃ、フェルローレン男爵家の娘ってことで出るんだから、この家と交友のある家に頼むのが筋でしょ」

口にして思い出すのは、義父の旧友の息子であった、かつての婚約者の顔。イザベラは強いて苦い舞踏会の思い出を締めだし、元気づける言葉を口にした。

「大丈夫よ。あたしの時は相手が悪かったんだから。ヴィヴィのためにお義父さまも相手はよく考えてくれるはずよ。心配しなくても、ドーンみたいな人……そういないもの……」

ヴィヴィを元気づけようと口にした名前が、ひどく苦く感じる。

元から下がった口角をさらに下げたイザベラに、ヴィヴィは呆れたように嘆息した。

「他人の心配より、自分のこと心配しなよ、ベラ。ドレス準備できてんの？」

「あたしはいいのよ。もうお披露目した後だもの。目立つ必要もないし」

肩を竦めるイザベラを見上げて、リーテは声を弾ませた。

「ドレス作りならわたし、手伝うよ。お裁縫好きだもの」

怒られない家事を見つけたと言わんばかりのリーテを見下ろし、イザベラは片手を振った。

「ヴィヴィの手伝いならあたしがするわよ。ほら、中に戻りましょ。――リーテ、疲れたらやめていいんだからね」

いつまでも豆剝きをしていなくてもいいと言ってはみるものの、豆の山を消費するまでやめないだろうことは目に見えていた。

「お昼には様子見に来るから」

豆剝きに戻ったリーテは生返事。肩を竦めたヴィヴィは、さっさと別荘の角を曲がっていく。後を追ったイザベラは、声を潜めたヴィヴィの呼びかけに足を止めた。

「ねぇ、ベラ。あれ、誰だろう……？」

干し場の向こうを指差すヴィヴィに促され、揺れるリネン類を透かし見たイザベラは、一人の青年が立ち尽くしている姿を捉えた。

細身の外套を身に纏った青年は、瞬きもせず榛の木を見上げている。鼻筋の通った横顔は端整で、静かな佇まいは使用人の仕事場である裏口に似合わない上品さがあった。

不審な視線に気づいたのか、不意に青年はイザベラとヴィヴィに首を巡らせる。黒褐色の髪は柔らかく揺れ、細められる茶色の瞳は優しげに緩んだ。

「……イザベラ………？」

耳に心地良い低い声音に、イザベラは身を硬くする。距離を詰める青年はごく自然に笑みを浮かべ、急ぐ様子ながら乱れた風情を感じさせない品があった。

「ベラ……、知り合い？」

早口で囁くヴィヴィに、イザベラは全力で首を横に振る。

近づく青年の服装をよく見れば、派手な装飾はないものの、模様の織り込まれた高級生地の胴衣を外套の下に着込んでいた。足元に目を向ければ、革靴の照り一つとっても品質の良いものだとわかる。

「あんな上流貴族の知り合いなんて、いないわよ……っ」

声を潜めて返したものの、イザベラは迫る青年貴族に既視感を覚えた。

身を寄せ合うイザベラとヴィヴィの前で足を止めた青年貴族は、懐かしげに目を細める。既知であると言わんばかりの表情に、イザベラは堪らず口を開いた。

「あ、あの！　…………どなた、ですか？」

瞬間、青年貴族の笑みが固まった。

信じられないと言わんばかりに眉根を寄せた表情は、厳しく近寄りがたい雰囲気になる。それでも不快さを覚えないのは、やはり元の顔が整っているためだろう。

「……俺を、覚えていない？　ベラも、ヴィヴィも？」

愛称を呼ばれるほど親しい相手の中に、眼前の青年貴族はいない。妹と揃って呼ばれては、人違いだとも思えないが、声にさえ聞き覚えはないのだ。

不意にヴィヴィは睨み上げるような角度で首を伸ばすと、青年貴族を凝視した。

「あれ……？　もしかしてフリッツ？」

「え、何処に？　フリッツって、あの小さなフリッツよね。何処にいるの？」

ヴィヴィの口から出た懐かしい名に、イザベラは反射的に声を出したが、状況を思い出し目を瞠る。

ゆっくりと視線を上げて目の前の青年貴族を窺えば、自らの胸に指を差していた。

聞き覚えのない声。顎を上げなければ目の合わない身長差。落ち着いた紳士らしい立ち姿。何処をとっても七年前に別れた幼馴染みフリートヘルムの姿はない。

ただ一つ、苦笑に細められた瞳の色は、幼少から変わっていなかった。

「え、ほ、本当に、あの……フリッツ、なの……？」

信じられない思いがそのまま声色として出ているイザベラに、目覚ましい成長を遂げた幼馴染みは懐かしげに笑みを深める。

「ベラ、会いたかった。国に帰ってくるのに七年もかかったんだ。……覚えてないのは、その……しょうがないさ」

「覚えてないわけないじゃない！　でも、そんな……、わかるわけないでしょ！」

寂しげに目を伏せられ、イザベラは慌てるあまり叱りつけるような声音を上げてしまう。フリッツは勢いに押され、呟くように謝ると、ヴィヴィへ確認の視線を向けた。

「わかるわけないじゃん。フリッツって呼んだのも当てずっぽうだし。昔の面影どこよ？　いっつも泣いて目赤くしてたし、ベラより小さかったし。おっきくなりすぎ」

知った相手とわかった途端、ヴィヴィは遠慮なく言い放つ。まだフリッツだという実感の湧かないイザベラも、頷きを繰り返した。

七年前、国外へ行かなければならなくなったと泣いていた少年の面影と言えば、瞳の色くらいのものだ。髪さえ黒味が強くなっており、顔つきは泣き濡れた幼馴染みからはほど遠い。

「そんなに変わったかな？　確かに身長は伸びたけど……。——いいさ。こうしてちゃんと再会できたんだ」

フリッツは黒褐色の髪を掻き回して気を取り直し微笑む。物思う時の癖は昔と変わっておらず、イザベラもようやく目の前の青年貴族と幼馴染みが繋がった。

「フリッツ、でもどうして、あたしたちがここにいるってわかったの?」

別れたのは、まだ実父と共に暮らしていた時分のこと。七年も会っていなかったフリッツが、どうして再婚先のフェルローレン男爵家の別荘に現れたのか。

「それは、捜したからさ。元の家の近くで聞き込みして、ベラたちの両親が離婚したのは聞いたから。フェルローレン男爵と再婚したのも調べて知った。毎年社交期には別荘に行くこともわかったから、会えるかなと思って」

訪ねようとしたところで、塀の向こうから声がしたのだと言う。そうして裏門に回ったところで、折良くイザベラとヴィヴィが現れたのだ。

「わざわざ、そんな……。大変だったでしょ。帰ってくるのに七年ってことは、今年国に帰ったばかりなんじゃないの?」

幼い日から七年も離れていた故国で、落ち着く暇もなく労力を使って捜したと言うフリッツに、イザベラは驚くばかりだ。

「誰よりもまず、ベラに会いたかったんだよ。俺はベラに——」

「そうだ! フリッツ、紹介させて。あたしたちの新しい妹なの。ちょうど向こうにいるから!」

リーテを紹介しようと笑みを向ければ、何かを言いかけたフリッツは髪を掻き回して一つ頷いた。

イザベラは勇んで別荘の角に向かい、久しぶりに顔を合わせた幼馴染みを先導する。置いて行かれる形になったフリッツに、ヴィヴィは堪らず噴き出した。

「ぶふ……っ、間が、間が悪いって。フリッツ可哀想」

口を覆って喋るヴィヴィに、フリッツは恨めし気な視線を向けた。

「ヴィヴィ、本当に同情してくれるなら、笑わないでくれないか？」

「会いにきたとか言ってたけど、あれ、絶対ベラに通じてないって。ぷぷ……っ」

「いいさ。再婚して一年だと聞いているし、生活が変わって大変なこともあるだろ？　七年ぶりなんだ。今さら焦るつもりはないよ」

「うわぁ、あの泣き虫が変わるもんだね……。うちの『お姉ちゃん』は変わってないよ。相変わらずお節介で口喧しいの。ちょっとは焦ったほうがいいんじゃない？」

「つまり、俺も小さい頃のまま弟扱いか？　でもそうか、変わってないなら良かった。――継子虐めなんて噂を聞いたけど、この様子なら何かの間違いなんだろう？」

「それ、聞く意味あんの？　端から信じてないって顔に書いてあんじゃん、フリッツ」

半眼で向けられるヴィヴィの指摘に、フリッツは眉を上げて笑みを返した。

変わらず豆剝きに専念するリーテを確かめて、イザベラは声を潜めて話す二人を顧みた。七年ぶりの再会にも拘らず、互いに肩を竦めて笑い合う親しげな雰囲気に首を傾げる。

「あら、二人ってそんなに仲良かったっけ？……ま、いいわ。ほら、リーテ。ちょっと豆剝きやめなさい。あたしたちの幼馴染みのフリートヘルムよ。前住んでいた家が近所だったの」

「はい、どうも……。今いいところだから、わたしに構わないでいいよ。ここで大人しくしてるから、イザベラたちはゆっくりしてて」

豆剝きをやめないどころか顔さえ上げないリーテに、イザベラは肩を怒らせた。フリッツへの挨拶よりも、リーテにとっては豆剝きのほうが重要だと言わんばかりの無礼な振る舞いだ。

「リーテ！　挨拶一つまともにできなくてどうするの！」

イザベラの叱声に、フリッツの笑い声が重なった。振り返ると、フリッツは謝るように片手を挙げて咳払いをする。

「なるほど……、ずいぶん変わったお嬢さまだな。とても綺麗な顔をしているのに。その服装も、もしかして本人の好み？　ほとんど人前に出ないって聞いていたけど」

「そうなの。よく知ってるわね。家事が趣味で、お洒落や身嗜みには全く興味がないの」

変わっていると笑うフリッツの表情に嫌悪がないことを見て、イザベラは安堵する。リーテの格好に慣れていて忘れてしまっていたが、母が家庭教師に就く前は、リーテの惨状に三人もの家庭教師が逃げ帰っていたのだ。

まともな育て方ではないと、義父は家庭教師たちから散々な言われようだったと聞く。

「あ、せっかく訪ねて来てくれたのに立ち話ばかりでごめん。すぐお茶淹れるから。フリッツ、裏口から入ってもらうわけにはいかないし、表に回ってくれる？　リーテも、お茶飲まない？」

「ううん、いらない。ここにいる。豆剝きしてるから気にしないで」

即答で返ってくる言葉に、イザベラは呆れて息を吐いた。

「……じゃあ、ヴィヴィはフリッツを客間まで案内してね。あたしはお茶持っていくから」

頼むと、半眼になってフリッツに視線を投げたヴィヴィは、首を横に振った。

「あたしもいいや。フリッツ、喉渇いてないならベラと散歩でもしてくれば？　久し振りなんだし積もる話もあるっしょ？」

突然の提案にフリッツを窺うと、何故かヴィヴィと頷き合い、通じ合っていた。

「ベラ、君がいいなら湖畔まで歩かないか？」

フリッツの誘いに答えを迷っていると、ヴィヴィは早く行けと言わんばかりに手を振る。イザベラはフリッツに促されるまま、裏門から別荘を出て馬車道を渡った。

目指す木立の向こうには、湖面が反射する日の光が銀色に揺れている。湖を隔てて白く煌めく城と、天を突くように聳える尖塔が見えた。

飛来する水鳥は優雅に湖面を揺らし、芽吹き始めた木々を透かした光は蒼く辺りを彩る。

ノルトヘイム王国の別荘地帯は大きな湖を中心に広がり、湖を見下ろす断崖には国王の別荘である白亜の城が聳えていた。

城の対岸は下級貴族の館が点在するだけで周囲に人影はなく、イザベラとフリッツの他に散歩をする者はいない。

十歳にも満たない頃、別れたフリッツを思い描き、イザベラは木立の下草を踏みつつ隣を仰いだ。忘れたわけではないが、長く思い出すことのなかった幼馴染みは、記憶の中とはあまりにも違いすぎていた。

「……あら？　フリッツ、帰って来たってことは今何処にいるの。もしかしてお家に帰ったの？」

聞いてから、イザベラは趣旨を取り違えかねない言葉選びに気づく。聞きたかったのは、以前住んでいた家に帰ったのかということではなく、父親のいる本邸に戻れたのかということ。

言い直そうとした途端、苦笑に細められたフリッツの目が、確かに質問の意図を捉えていることを物語った。

「あぁ、帰ったよ。本邸にね……。妹と、初めて顔を合わせた」

「妹？　え、つまり、後妻さんが子供産んでたってこと？」

頷くフリッツは、父親の再婚により継子を嫌った後妻の願いで別邸へと追いやられていた過去がある。使用人にも冷たくされ、寂しいと泣いていたのが七年前のこと。

フリッツは同じ年頃の子供の中では身長が低かった。冷遇され頼る当てもなく気弱だったフリッツを、幼い頃から気の強かったイザベラは弟のように相手していたのだ。

年相応に成長したフリッツは茶色い瞳を湖面に向け、波紋を描いて寄り添う番の鳥を眺める。

「妹は六年前に生まれていた。今思えば、突然国外行きを決められたのも、あの人が妊娠したからだったんだろうな」

乾いた声音で回顧するフリッツに、イザベラは思わず手を伸ばした。思い出すのは、国外へ行かなければならなくなったと泣いていたフリッツが、父親に捨てられると悲しんでいたこと。当時もそうして慰めたように、イザベラは黒褐色の髪を撫でる。柔らかく指先を滑る手触りは幼い頃と変わらず、思わぬ部分に小さなフリッツの面影を感じた。

「べ、ベラ……。さすがに、この年になって頭を撫でられるのは……」

突然のことに固まっていたフリッツは、耳まで赤くして言葉を絞り出す。つられて、イザベラも自身の行いに気恥ずかしさを覚えて手を引いた。

「あ、ごめん！　別に今のフリッツを子供扱いしてるとかじゃなくて、その……」

「いいよ、わかってる。ベラは昔から優しいから……。変わってないみたいで、嬉しいよ」

真っ直ぐに見つめてくるフリッツは、目元を笑みに緩める。イザベラは知らない紳士を前にしているようで何も言えず、賞賛の言葉も耳を通り抜ける。

ただ柔らかな声音に滲む喜びに、イザベラの鼓動は強く鳴った。驚いて胸を押さえても、いつもより速く感じる鼓動の意味が掴めない。戸惑い返答できなくなったイザベラのせいで、気まずくなりそうな雰囲気も、フリッツはごく自然に流して話を変えた。

「ベラのほうの話も聞きたいな。俺がいなくなってから、今までのことを」

「話すほどのことなんてないわよ？　お母さんと別れるまで、ずっとお父さんは変わらず怒鳴るし、暴力振るうし、偉そうだったし」

家庭内暴力を振るい偉ぶる実父のことは、フリッツも知っている。家庭環境に恵まれない者同士だからこそ、仲良くなったとも言えた。

言葉を切ろうとしたイザベラに、フリッツは先を促して目を合わせる。散歩を切り上げるには早く、イザベラは湖畔を左に見て歩きながら口を開いた。

「……お義父さまとの再婚は一年前だけど、出会いは二年前ね。最初にお義父さま見た時には、まさかお母さんが再婚するなんて思わなかったわ。子供同伴歓迎の住み込み家庭教師なんて、いい職見つけたなってくらいで。連れ子のあたしたちまで受け入れてくれたお義父さまはすごく懐の深い人よ」

女性にしては身長が高く、骨ばった体をしている母は、自身とは真逆の異性に惹かれた。フエルローレン男爵は、低身長で顔が丸く同じくらいお腹も丸い温和な好人物だ。

「あたしのことも娘だからって、社交界に出すために心を砕いてドレスや馬車を準備して、送り出してくれたの。勿体ないくらいの婚約者まで紹介してもらって……」

脳裏を過る自信過剰な美男面に、イザベラは思わず口を引き結ぶ。湖を渡る風が、ひと際強く木立を揺らした。

「………婚約者？」

背後に聞こえる呟きに振り返ったイザベラは、いつの間にかフリッツが立ち止まっていたことに気づいた。

目が合ったフリッツは、急ぐ足取りで追いつくと、瞬くイザベラを見つめた。

「驚いたな。ベラが、そんなに早く婚約していたなんて。いや、舞踏会という晴れ舞台だからこそか。社交界に出ると同時に、婚約した？」

察しの良いフリッツに、イザベラは頷き視線を下げた。

「えぇ、そうよ。去年社交界に初めて出た時に、お披露目も、兼ねて……。そ、そんなに意外？　あたしに婚約者がいたらおかしいかしら？」

義父に対する罪悪感と、一年経たずに婚約破棄した外聞の悪さで、イザベラは無闇に攻撃的になる。フリッツにそんなつもりではないと謝られ、さらに居た堪れなくなって押し黙った。

「ベラ、他意はなかったんだ。――勿体ないと言うくらい、義父になったフェルローレン男爵は、よほどベラにいい人を選んだんだね」

言葉を選ぶフリッツの気遣いに、イザベラは己の幼稚な態度を改めなければと強いて答える。

「そう、お義父さまはあたしのこと考えてくれたの。評判の美男だし、年も上の大人で。お洒落にも気を遣う人だったわ」

生まれ持った顔は整っており、年長者には礼儀正しく、自信に溢れた態度が高評価を受けていた。義父は好青年だという周囲の評価を汲んで婚約を取り決めたのだ。

ドーンとの婚約破棄を後悔はしていないが、義父の交友に傷をつけた負い目が、イザベラの表情を硬くする。ドーンを思い出して喋る言葉も舌に苦く、自然口数も少なくなった。

不意に顔を覗き込んできたフリッツは、気遣わしげに目を細める。

「ベラ……、さっきから眉間に力が入りっぱなしだ。――もしかして、婚約者とは上手くいってないのか？」

案じる思いの滲むフリッツの問いに、イザベラは嘆息を吐いた。隠してもしょうがない。ひと月後に行われる城での舞踏会には、同じ年頃の若い貴族が集まるのだから、フリッツに婚約破棄の事実が知れるのも時間の問題だった。

「実は、もう婚約は破棄してるの。相手はヘングスター男爵家の長男、ドミニク。……ドーンの心変わりが、婚約破棄の理由よ」

ドーン本人に未練などはない。どころか、ドーンと一緒にいても息苦しさしか感じなかったため、婚約破棄が決まった時には安堵さえした。

けれど、やはり口にした事実に気が重くなる。優しい義父の心遣いを無下にしてしまったと思えばなおさらだ。

「心変わりなんて……。不実な婚約者が最初の舞踏会の相手だなんて。………口惜しいな」

哀れむより憤りをみせるフリッツに、イザベラは肩の力が抜ける気がした。

ドーンが心変わりをしたことで、婚約破棄を申し入れたのはイザベラからだが、実質的には振られたようなもの。何処か自身を惨めに思っていたものの、本当は不義理な己を微塵も悪いとは思っていないドーンに、とても怒っていたのだと気づかされた。

息を吐いたイザベラは、フリッツに微苦笑を向ける。

「そうね、相手が悪かったわ。おかげで舞踏会嫌いになったもの。まぁ、もともとあたしには社交界の雰囲気が肌に合わなかったんだけど」

女として着飾ることも、美しく化粧することも嫌いではない。けれど、どうしても見栄えのいい子や元の顔がいい子に誰しも目が行く。婚約者が他に心変わりしてしまったことを考えれば、着飾って美しさを競い合う舞踏会が、イザベラには場違いに思えるのだ。

「それに、踊ってる時とか相手と顔近いじゃない？　どんな表情していいのかわからないのよね。じっと見つめるだけじゃ、気詰まりだし」

イザベラが気を持ち直したことで、安堵に笑みを零したフリッツは緩く首を横に振った。

「ベラはそのままでいいよ。落ち込んでいるよりも笑っているほうがいい。ベラの笑顔は今も昔もとても温かくて、どんな表情よりも素敵だ」

さらりと気障な台詞を口にするフリッツに、イザベラは気恥ずかしくて、湖を眺めるふりをして顔を背けた。

「そ、そんなこと、初めて言われたわ……っ。あたしなんて――」

上ずる声音を笑って誤魔化そうとするイザベラに、フリッツは真剣な様子で否定する。

「そんなことないさ。ベラの笑顔は十分魅力的だ」

嘘や冗談なら笑って流せるが、フリッツの声から漂う真摯さに、イザベラは居た堪れなく感じる。真正面から魅力的だなどと言われた経験がないのだ。どんな返しをすればいいのかさえ浮かばない。

イザベラの沈黙をどう取ったのか、フリッツの声音が低くなった。

「ヘングスター男爵家のドミニクには、とんでもなく見る目がなかったんだな。そんな相手と一緒に参加したんじゃ、舞踏会が嫌いになるのも当たり前だ」

断言するフリッツを顧みると、眉を顰めて己のことのように怒っている。イザベラは、家族からの慰めとは違うくすぐったさに、思わず笑いを漏らした。

「ふふ、ありがとフリッツ。でも、舞踏会で気が重いのはそれだけじゃないの。――今年ヴィヴィが社交界に出るんだけど、そっちにお金かけるじゃない。去年お世話になったあたしがまた、無駄な出費させるのも、心苦しいのよ」

言って、イザベラは無理に笑みを作った。表情を作るのが得意ではなく、口元の引き攣った半端な笑顔になる。

下手な作り笑いに、フリッツは息を吐くと口を開いた。

「勿体ないな。今年の舞踏会は、世の女性なら誰でも興味を惹かれるだろう趣向があるのに」

思わぬ言葉に茶色の瞳を見上げれば、フリッツは悪戯に笑って続きを口にした。

「実は、今回の城での舞踏会は第二王子のお披露目の場でもあるんだ」

得意げに告げられた言葉に、イザベラは肩透かしを食らう。

「春先に帝都の留学から戻ってきた王子さま？　それなら知ってるわ。第二王子のお披露目くらいなら、貴族の間で噂になってるもの」

動じないフリッツは笑みを深めて、もう一つ、と指を立てた。

「舞踏会には第二王子のお披露目以外に、もう一つの目的がある。――今年の舞踏会で、第二王子の妃探しが行われるんだ」

「えぇ……？　嘘だぁ」

予想外の言葉を耳にして、イザベラは半端な反応を示す。

ここノルトヘイム王国は決して大きな国ではない。国や領地が寄り集まって皇帝に治められる帝国の一部だ。とは言え、一国の王子の妃を舞踏会で選ぼうというのは突飛すぎる。

社交期に城で行われる舞踏会は、ヴィヴィのようなお披露目のためだけに参加する下級貴族も混ざっているのだ。国王の姻戚になる貴族が男爵家では身分が違いすぎる。

「第二王子はとても女性の好みに煩い方で、母である王妃陛下が身分相応の見合いを幾つも用意していたんだが、全てを蹴ってしまった。どう説得しても頷かない王子に、王妃陛下も匙を投げて、自ら妃を探すように言ったんだ」

それらしい説明をするフリッツだが、イザベラはやはり納得できない。

「別に、どうしても今年お妃を決める必要なんてないでしょ？　第二王子ってあたしたちと年変わらないって聞いてるわよ。好みがうるさいにしても、時間をかけて説得するべきじゃない。人が集まるからって、何も今年の舞踏会で妃を選ぶ必要はないはずでしょ？」

イザベラも、フリッツが嘘を吐いているとは思っていない。ただ、釈然としないのだ。フリッツも心中を察してか、話の矛先を変えた。

「ベラは、第一王子のことは知ってるか？」

「常識程度だけど、ご立派な方と聞いているわ。……そう言えば、まだ第一王子も結婚されてないわね。あら？　婚約者っていたかしら？」

イザベラの疑問に、そこだとフリッツは言った。

「第一王子と第二王子は腹違いの兄弟だ。王妃陛下は第二王子の母。第一王子は愛妾の子だ。すでに成人して国の中でも立場を確立している第一王子は、今すぐ皇太子になっても恙なく政務を執り行える。比べて第二王子は王妃と親族の後ろ盾は厚いが、まだ留学から戻ったばかりで国内の基盤が弱い」

話の流れが掴めないイザベラは素直に頷き、フリッツの言葉に集中した。

「それに第一王子の周辺には、若く勢いのある勢力が形成されつつある。焦った王妃陛下は、後ろ盾を厚くしようと見合いを組んだが当の第二王子に蹴られた。そこで、国内の支持者を得る足場、求心力として第二王子の結婚を使おうと方針転換したんだ」

第二王子の王妃探しを急ぐ理由は、国内で影響力の弱い王子の地盤を築くためであり、結婚という慶事の話題で人々の関心を第二王子に向かわせる狙いがあるとフリッツは語る。

「……つまり皇太子争いの、一環？　第二王子の結婚で大々的に国民へお披露目。それで話題を作って好感度を狙うってこと？」

「ざっくり言うと、そういうことだ。王妃の息子を蔑ろにして第一王子を皇太子にはできないが、第二王子が皇太子になるには国内での立場が弱いのが難点だ」

「だから国民の好感度上げようってのね。——妃探しを舞踏会でやる理由はわかったわ。確かに貴族の中でも第二王子への注目度は強まるでしょうね。けど、そんな事情があるならやっぱりあたしみたいな身分じゃ、関係ない話よ。でも聞けて面白かったわ、ありがとう、フリッツ」

明るい話題ではあるが、舞踏会に興味を惹かれるほどの話ではない。選ばれるはずのないイザベラからすれば、なんの得にもならない情報だ。

フリッツは何処か安堵する様子で苦笑を刻んだ。

「いや、第二王子の妃になれる条件はたった一つなんだ。城の舞踏会に招かれる爵位があれば誰でもいい。第二王子のお眼鏡に適う美貌があればね。それだけなのさ」

美貌さえあれば王子の妃になれる。関係ないと聞き流しかけたイザベラは、ふと気づいて息を止めた。フリッツの言葉を理解し始めると、指先にじわじわと熱が広がり興奮がせり上がる。

二人の頭上を、水鳥が羽音を立てて飛び立っていった。湖に目を向けたフリッツは、総毛立って思考に没頭するイザベラに気づかない。

「何それ……！　すっごいことじゃない！」

遅れて声を上ずらせて叫んだイザベラに、フリッツは身を強張らせる。

「舞踏会に行けば王子さまにお会いできるんでしょ？　だったら、会いさえすればいいのよ！

会いさえすれば……、リーテなら絶対にお妃になれるわ！」

拳を握って頬を紅潮させるイザベラは、満面の笑みでフリッツを見つめた。

「ありがとう、フリッツ！　素敵な情報よ。玉の輿なんて夢物語だと思ってたけど、いけるわ。

……あたしの代わりにリーテを舞踏会に行かせればいいのよ！」

呆気に取られていたフリッツは、イザベラに制止の声をかけるが聞いてはいない。

「そうと決まれば、豆剝きなんかさせてる場合じゃないわ！　すぐにリーテに言い聞かせて、
舞踏会に間に合うように再教育しなきゃ！」

言うが早いか、イザベラは長い裾を摑み上げると、全速力で木立を駆け出した。

七年ぶりの再会にも拘らず、フリッツはイザベラの勢いに置いて行かれる。追いついたフリッツは、男爵家の別荘から響く怒声と泣き声を聞くことになった。

二章　誰かのため、自分のため

初夏から始まる社交期は、別荘地帯へ移った王侯貴族が晩餐や舞踏に明け暮れる季節。有力貴族は趣向と贅を凝らして別荘を飾り、着飾った紳士淑女が笑いさざめくのが毎年の光景だ。

煉瓦造りのフェルローレン男爵の別荘からは、半月が経ってもイザベラの怒声が聞こえた。

「もう、何やってんのよ！　本気でアッシュって呼んでほしいの？　このお馬鹿！」

厨房に連なる食糧庫の一角には、厨房や隣接する使用人の食堂から出た灰を集めて置いておく場所がある。その灰置き場の中に座り込んで、イザベラの叱責を受けているのは、頭から灰を被って昼寝をしていたリーテだった。

繰り返される光景に、使用人も仕事の手を止めてまで野次馬をすることはなくなったが、食糧庫で叫ぶ声は戸のない厨房にまで筒抜け。使用人はリーテを案じて聞き耳を立てていた。

そんなことも知らず、イザベラは灰の中から義妹を引き立たせる。

「い……っ、痛い。イザベラ、わたしまだ動けない………」

「何言ってるのよ。フリッツと会う約束があるって今朝から言ってたでしょ！　それなのにこんな所で昼寝して、挙げ句の果てに灰まみれなんて……っ。もうフリッツ来てるのよ！」

寝ぼけ眼を瞬かせるリーテの腕を引き、イザベラは食糧庫から別荘の裏へ続く勝手口を押し開いた。昼をすぎた日差しの中で、イザベラは白く汚れたリーテに目を眇める。

「ほら、もう。ともかく灰だけでも落とすわよ」

言って、イザベラはリーテの体中から灰を叩き落とし始めた。途端に煙幕のように灰が舞う。

「や、いや……！　だめ……、痛いの、やめて……」

　急ぐあまり乱暴になるイザベラに、リーテは泣き被りつつ、自らの胸元から灰を落とした。

「……って、こらリーテ！　これ誰の服よ？　なんで綺麗な服着てるの。使用人の服なんて着ちゃ駄目って言ってるでしょ！」

　裾の染みがないことに気づいて、イザベラは声を荒げる。与えていない新しい使用人の服は、以前着ていた物よりもまだ汚れが少ない。明らかに、リーテへ新しい服を用立てた者がいる。

　追及の声を上げようとしたイザベラに、リーテは指を一本唇に当てた。

「声、大きいよ。いいの？　またヴィクトリアに怒られるよ？」

言葉に詰まったイザベラは、声を低めてリーテを見据えた。

「自分の服着なさいって言ってるでしょ。ちゃんとあんたの分の部屋だって用意してあるし、ドレスや宝石だってあたしが管理してるんだから。言ったらいつでも出してあげるわよ……っ」

　リーテのために持ち込んだ服飾品は、持ち主に代わってイザベラが部屋で管理している。

「だって……、汚したら怒るでしょ？」

上目遣いに可愛らしく小首を傾げるリーテに、イザベラは拳を握って声を絞り出した。

「怒るに決まってるでしょ……っ。男爵家の娘が使用人の服欲しがるだけでもおかしいのに。綺麗な格好して、お母さまの宝石を身に着けたいとか思わないわけ?」

イザベラが別荘に持ち込んだ前妻の形見の中には宝石やドレスもあるが、リーテは本邸にいてもそれらの高価な遺品には興味を示さなかった。

「お母さまがいつもつけてた物は、お墓に入れてしまったもの。――それより、綺麗好きだったお母さまがしたように掃除したり、縫い物してるほうがずっとお母さまを感じるよ」

前掛けについた灰を擦り落としながら、リーテは言い募った。

叱りつける意気を削がれたイザベラは、嘆息を吐くとリーテを手招き屋内へと戻る。

きっと、本邸の使用人や義父にも同じことを言ったのだろう。幼くして亡くした母の面影を追うリーテの心中を思えば、悪化する奇行を誰も止められなかったのもわかる。

「……だからって、このままじゃ駄目なのよ」

呟いたイザベラは、同情に流されそうになる心に活を入れてリーテを顧みた。

「ところでリーテ。昼寝してたってことは、今朝頼んだドレスの裾直し終わってないんでしょ」

声を荒げないよう抑えるイザベラは、意地悪く揚げ足を取ろうと窺うような口調になる。耳を澄ませる使用人の中を歩きながら、リーテは首を横に振った。

「ちゃんと終わらせたよ。だからひと休みと思って、灰の中で――」

「ちょっと、まさか！　ドレスに灰つけてないでしょうね！」

言葉の先を察してイザベラが詰問すると、リーテはたぶんという曖昧な答えを返した。

「もう、終わったならあたしに言いに来なさいよ！　本当にそういうところ鈍間なんだから！」

気が回らないと叱りつけるイザベラは、厨房を出た廊下でケーテとすれ違う。使用人として道を譲り頭を下げるケーテだったが、イザベラに向けた表情は不服を如実に表すものだった。

驚いてイザベラが振り返ると、顔を背けるようにケーテは厨房へと踵を返す。

「あのケーテって、いつも苦しそうな顔してるのよね。何処か悪いのかしら？」

心配を口にするイザベラに、リーテも首を捻る。

「そう？　いつも元気に大きな声出してるよ？」

イザベラは物言いたげに見据えるケーテを思い描き、リーテとの認識の違いに首を捻った。

「ま、元気ならいいわ。それより、フリッツを待たせてるんだから、早く応接室に行くわよ」

「……あの人、どういう人なの？　一昨日も来たし、その前もずっと来てる」

勇んで踏み出した足を、イザベラは思わず止めて振り返った。

「珍しいじゃない、リーテが他人に興味持つなんて……」

一心不乱に趣味に没頭する集中力とは対照的に、リーテは他人への興味関心が極端に低い。

他人への好悪を口にすることはなく、それだけ他人へ思うこともないという心情の表れだった。

同じ屋敷で暮らす家族や使用人なら見覚えているものの、親戚や客人は三度会っても覚えないほどだ。他人との接し方を学ばずに育ったリーテは、淑女としての立ち振る舞いに意義を見出せず、再教育するイザベラを梃ずらせていた。

顔合わせ五度目にしてようやくフリッツへ興味を持ったリーテに、イザベラは淑女教育の成果を見た気がして、慌てて問いに答えた。

「フリッツはね、あたしが昔住んでいた場所に別邸を持ってた貴族の子供なの。七年前に国外に移されて別れて。それ以来会っていなかったんだけど、確か年はあたしより二つくらい上かな？　小さい頃はあたしのほうが大きくて、あんまり年上って気はしてなかったのよね……」

懐かしんで目を細めるイザベラを見上げ、リーテは首を傾げた。

「……もしかして、イザベラあの人の家知らないの？　爵位とか、家名とか」

「そうね、うちの庭で隠れて泣いてるばかりだったから。家の名前なんて聞いたことなかったわ。今は、お友達の所に泊まってるらしいけど、実家の別荘は湖周辺にあるんじゃないかしら」

黙って聞いていたリーテは、可憐に頰へ手を添えると憂い顔で呟いた。

「じゃあ、まだずっと来るんだ。…………特訓とかしなくていいのに。暇なんだね、あの人」

嫌なことから逃げる機会を窺っての問いと知ったイザベラは、容赦なくリーテを叱りつけた。

イザベラの叱声は、廊下から玄関広間へと響き渡る。

玄関広間に面した応接室の扉が開き、半眼のヴィヴィが顔を出した。

「ベラ、うっさい。そんなとこで止まってないでさっさと来てよ」

いつまで待たせる気だと怒るヴィヴィの横を通り、応接室に入ったイザベラは、フリッツの微笑に迎えられる。待たされた不快感など微塵も見せず、フリッツはイザベラを労った。

「呼んできてくれてありがとう、ベラ。アシュトリーテも、来てくれて嬉しいよ」

変わらず使用人の服を着て挨拶もしないリーテに、フリッツは怯みもせず笑みを向け続けた。

「今日はダンスの練習をしよう。まず、どれくらい踊れるかを知りたいところだな」

視線を向けてくるフリッツに頷き、イザベラは応接室の真ん中にリーテの手を引いて立つ。

客人のための部屋は今、椅子や机を壁際に寄せて空間を作ってあった。円舞を踊るには狭いが、舞踏の基礎を踏むには十分な広さがある。

「ほら、リーテ。ダンスは小さい頃に習ったって言ってたでしょ。まずはゆっくりしたメヌエットからやるわよ。ステップ踏んでね」

向かい合わせでイザベラが曲を口ずさみ踏み出すと、リーテはまごつき同じ方向に足を出す。

「痛い！　こら、同じほうに足踏み出してどうするのよ。相手の足を踏むに決まってるじゃない。踵からじゃなくて、爪先から――って、逆だったら、ほらまた踏んだ！」

足元ばかりを見ているリーテは、イザベラの足を追うように踏みつけ続ける。

「おかしいなぁ……。お母さまと一緒にやった時は、お父さま上手だって褒めてくれたのに」

「痛いって。こら！　一度止まりなさい！」

どうしても足を踏んでくるリーテに、イザベラは嘆息を吐いてフリッツを振り返った。

ヴィヴィと向かい合ったフリッツは、滑るようにくるくると同じステップで踊り続けている。

「ヴィヴィ、上手いじゃないか。指の先まで淑やかに……、そうそう。これなら大丈夫だ」

「ま、去年ベラの練習につき合ったからね。それに、ダンス嫌いじゃないし」

笑みを交わして頷き合ったフリッツとヴィヴィは、動きを止めるとリーテを窺った。

優雅に踊るフリッツに目を奪われていたイザベラは、すぐには言葉が出ず首を横に振る。フリッツはヴィヴィの手を放すとリーテへと歩み寄った。

「ベラ、交代しよう。――まずはステップを思い出そう、アシュトリーテ。ゆっくりでいいから、爪先で移動するところから」

リーテの隣に並んだフリッツは、怒らず丁寧に説明しつつ教えた。

腕を組んで嘆息するイザベラの横に、ヴィヴィが半眼になって寄ってくる。

「ほぉら、怒鳴らなくても教えることはできるんだよ。ベラ、結局毎日怒ってばっかでさ」

「うるさいわね。……わかってるわよ。でも、あと半月しかないの。お城の舞踏会で妃探しがあることはもう噂になってるし。みんなドレスには趣向を凝らして、ダンスだって磨きをかけてくるはずじゃない。いくら顔が良くても、あんなダンスじゃ王子さまに呆れられるわ」

焦る思いが怒りに拍車をかけ、怒声としてリーテに向いてしまう。イザベラは紳士然として落ち着いたフリッツに羨望を覚えた。

フリッツの真似をして足を踏み出していたリーテは、不意に動きを止めフリッツを見上げた。

「ねぇ、ステップなんてどうせドレスの裾で隠れるんだから、どうでも良くない？」

もうやめたいという心中の透けて見えるリーテに、イザベラは堪らず怒声を放った。

「お馬鹿！　足元が見えなくても、ステップが違えば体の動きでわかるのよ！」

イザベラが怒鳴って練習を続行させると、リーテは泣き騒ぎながら不平を漏らす。訪問が五回目にもなれば、フリッツも慣れた様子でイザベラを宥め、リーテを説得して場を治めた。

そんなことを繰り返していると、応接室の扉を叩く音がする。イザベラが応答すれば、使用人頭が茶と菓子を持ってきたと言った。

「そうね、そろそろ休憩にしましょう。こら、リーテ。いつまで床でいじけてるの」

イザベラが注意しても、臍を曲げたリーテは部屋の隅で膝を抱えて動かない。茶の準備のために入室した使用人は、何か言いたげにリーテを見ていた。

「あの子は気にしないで。給仕はこっちでやるわ。――あら、このお菓子は何？」

猫足のテーブルに並べられる白磁の皿には、夏の草花が絵付けされている。イザベラは近くにいたケーテへと視線を向けた。

「……干し葡萄のケーキと、バタークッキーです。四人分、人数分ありますから……っ」

緊張した様子で答えるケーテに、イザベラは内心訝しみながら頷いた。

「だったら、リーテの分のケーキはいらないわ。下げてちょうだい」

イザベラが指示を出して背を向けると、ケーテは大きく息を吸い込む。言葉を発しようとした途端、他の使用人が口を塞いで慌ただしく応接室を後にした。

「……？　あら、カートは持って行ってしまったわね」

片づけの時はどうしようとイザベラは呟き、頬に感じる視線に気づく。首を巡らせた先では、顎先に手を当てたフリッツが見つめていた。

「ベラ、どうしてアシュトリーテの分のケーキを下げさせたんだ？　何か、理由があるんだろ？」

紅茶を入れる準備を始めながら、イザベラは嘆息を吐く。

「リーテったら偏食がひどいの。お肉も野菜も嫌いだし、干し葡萄も駄目。だから、乾燥して不味くなるより、下げさせて使用人の誰かが食べたほうがいいと思って」

皿と揃いの小花の模様が彩るカップに紅茶を満たし、イザベラはフリッツへ受け皿ごとカップを渡した。茶は四人分用意し、リーテのカップの前にはバタークッキーを皿ごと置く。

「固いパンは嫌いでも、こういうバターたっぷりのクッキーは好きなのよね。――最近は細すぎる体をどうにかするために、ご飯無理に食べさせてるし。お茶の時くらい好きな物食べさせようと思って」

バタークッキーに気づいたリーテは、床を這って近づくと、イザベラを上目に窺った。

「こら、お馬鹿さん。ちゃんと椅子に座って食べなさいよ」

言いつけに頷いたリーテは、いそいそと椅子に腰かけバタークッキーに手を伸ばした。

その様子を見ていたフリッツは、喉を鳴らして笑い出す。

「ふっ、こういう時にはちゃんと言うこと聞くんだな。──それにしても、さっきのは惜しいな。もっと言い方があったはず……」

フリッツの低い呟きに、イザベラはカップを摘んだ手を止めた。

「あら、もしかしてフリッツ干し葡萄好きだった？　ケーキ今からでももう一つ食べる？」

見当違いなイザベラの気遣いに、紅茶を口に含んでいたヴィヴィが盛大に咽た。

「ごほ……っ。ちょっ、ベラ！　なんでそう頭の中、世話焼くことでいっぱいなの！」

「どういう意味よ？　それより、ほら。口元拭きなさい。服に零したりしてない？」

布巾を渡すと、ヴィヴィは半眼になって受け取るが、返されたのは憎まれ口だった。

「そのまんまの意味。一日中、誰かの世話焼くことしか考えてないっしょ。だいたい、何あの本棚？　別荘にあれだけの日記持ってくるってどういう神経？　しかも書いてある内容、他人の世話のことしかないし。自分のこと書くのが日記じゃん。最近じゃリーテのことばっかで、ドレスだ髪型だって、今からじゃあんな派手なの間に合わないっての」

「べ、別にいいじゃない。リーテの顔なら派手なのも似合うと思って、考えたら止まらなくなったから書いただけで……、じゃなくて、ヴィヴィ！　何勝手に他人の日記見てんの！」

指を突きつけて叱声を放っても、ヴィヴィは日記の盗み読みに罪悪感の欠片も抱かない様子。

不意にヴィヴィへ身を乗り出したフリッツは、手で口元を覆うと低く問いを囁く。

「ヴィヴィ、俺のことは何か書いてあった？」

「あぁ……、少しね。だいたい舞踏会に向けての意気込みだとかに押されて、久しぶりに会ったわぁくらいなもん。なんで再会した当日にあんなに大きな情報伝えるかなぁ……」

ぞんざいなヴィヴィの返答に、フリッツは苦笑を浮かべて肩を竦めた。イザベラは漏れ聞こえる会話に、慌てて口を挟んだ。

「何こそこそ話してるの？ 日記の内容なんてその時の気分なんだし、フリッツのことどうでもいいとかじゃないのよ。ただ時間がないし、リーテにも手伝ってもらってるけど、あたしの舞踏会用のドレスをリーテの丈に合わせて、少しでも目を引くようにしなきゃいけないの」

当のリーテは、口の周りにクッキーの滓をつけたまま紅茶を呷りお代わりを要求してきた。

イザベラがハンカチで義妹の口周りを拭っていると、フリッツはまた笑いを漏らす。

視線を向け、慈しむように深められる微笑を正面から目撃しイザベラは息を詰まらせた。

「ベラも大変だな。なのに、少しもへこたれない。自分のために頑張れる人間は多いけれど、ベラほど他人のために一生懸命になれるひとを、俺は他に知らないよ」

感慨深げに紡がれる賞賛の言葉に、イザベラはむず痒さを覚える。肯定するには気恥ずかしく、喜びを表すには素直に受け入れがたい。そんな思いから出たのは否定の言葉だった。

「他人のためなんて、大げさなことじゃないのよ。その、リーテの髪の色や瞳の色なんか、歌劇に出てくるお姫さまそのものじゃない。それが放置され続けるなんて勿体ないし。リーテだったらあたしに似合わない明るい色も似合うから、ドレス考えるのも全然苦じゃないのよ」

頰に上る熱を紛らわせるように、イザベラはお代わりで注ぐ紅茶に視線を集中させ喋り続けた。

「それに、妹の世話をするのは姉として当たり前だもの。小さい頃からお母さんにも、妹を守りなさいって言われてたし――っ」

言って、イザベラは現状にそぐわない言葉に口を閉じた。

妹を守れと言われたのは、実父の家庭内暴力による被害を防ぐためだ。フェルローレン家の養女となってからは、身の危険など感じたことはない。義父は穏やかで優しく、その娘であるリーテを脅かす者など屋敷にはいない。

守るという言葉は、リーテには当てはまらない。けれど、やはりリーテは庇護すべき対象であるようにイザベラには思えた。

思案しつつリーテを窺えば、青く丸い瞳がもの言いたげに見つめ返す。目顔で促すと、紅茶を口に運びつつ、リーテは上目に問いを発した。

「イザベラ、小さい頃からこんなに口うるさかったの？」

不躾な言いようにイザベラは頰を攣らせる。ヴィヴィは意地悪く笑って茶々を入れた。

「そう、そう。一つしか違わないのに姉ぶってさ。フリッツなんてベラの二つ上なのに、弟扱いで叱ったりしてたの。だめよ、フリッツ。そんなに泣いたら目が溶けちゃうから！　とか」

「嘘！ あたしそんなこと言ってた？」

記憶にない発言に声を荒げると、当のフリッツも苦笑しつつ首肯してみせた。

かったフリッツも今では年相応となり、決して弟扱いはできない品と落ち着きを纏っている。そんな年上の幼馴染みに、いったいどれくらい不躾な発言をしたのだろう。イザベラは過去の記憶を振り払うように立ち上がった。

「い、今はそんなことより、リーテの特訓のほうが大事よ！　ほら、食べたら続きをするわよ」

一人でバタークッキーを食べつくしたリーテは、泣きそうな顔で首を横に振る。

「ええ？　もう疲れたよぉ。明日にしよう、明日。わたし、ドレスにつける布飾り作りたいの。お花の形になるように縫って、裾に飾ったらいいと思わない？」

「それはいいけど、今はダンス。どんな綺麗なドレス着ていても、ダンス一つまともに踊れなきゃ笑いものよ。――後であたしの裁縫道具と糸を貸してあげるから。さ、やるわよ！」

不平を漏らすリーテを見下ろし勢い込む。逸るイザベラを窘めたのは、フリッツだった。

「ベラ、休憩も特訓の内だ。反復練習なら時間をかけたほうがいいけれど、まずアシュトリーテは基本を覚えていくことから始めなきゃいけない。集中力が続くようにするには、こまめに休むのがいいんだ」

「……でも、舞踏会まであと半月しかないのよ？」

「大丈夫。さっき教えた感じでは、ダンスが苦手な様子はない。舞踏会までダンスは俺も手伝う。ベラは……、少し肩の力を抜いてもいいんじゃないか？　きみが気負いすぎて潰れてしまったら、それこそ間に合わない。俺もできる限り手を貸す。だから焦らなくても大丈夫だ」

低く落ち着いた声で諭され、イザベラはすとんと腰を下ろした。フリッツに視線を向けると、頷きと共に微笑まれる。

「明日は午後から来てもいいか？　昼に用事があるんだ」

「明日も、来てくれるの？　……ありがとう。助かるわ」

言いながら、イザベラは気恥ずかしさとも違う胸の高鳴りに戸惑う。

弟のように思っていた幼馴染みの成長は、外見だけでなく内面にも至っていたようだ。大人の落ち着きと優しさを目の当たりにして、イザベラはまた頬に熱が集まるのを感じていた。

昼の日差しは大地を温め始めてはいるが、湖面を吹き渡る風は肌寒くイザベラは肩を震わせた。

木の幹を背に低木の陰に隠れるように座り込んだイザベラは、花柄の可愛らしいドレスを膝に広げている。糸切り鋏片手に、湖畔で一人透かし編みの裾飾りをドレスから切り取っていた。

ドレスはリーテの亡母の夜会服で、透かし編みの部分をリーテが着るドレスに転用するために縫い目を解いているのだ。

「……はぁ。いったいどうしたのかしら、ケーテったら」

疲れた息と共に呟いたイザベラは、今朝のひと悶着を思い出す。

別荘で透かし編みを取る作業にかかろうとしたイザベラを、ケーテは掃除などに理由をつけて徹底的に邪魔してきたのだ。

「ドレスに使うために飾りを取るって言ったのが何か気に障ったのかしら？　錆びてるとか言って鋏取られそうになったし」

鋏を入れるには、まだまだ着られる状態のドレス。勿体ないと思う気持ちはイザベラにもあった。

「けど、これリーテのドレスに使うのよね……。なんて言えないわ。あたしと入れ替わってまだ社交界に出てないリーテを送り込むんだもの。そんな狡いことするなんて、吹聴するわけにはいかないし……。ケーテに悪気はないんでしょうし………」

悪意なく邪魔をしてくるケーテを叱りつける気にもならず、イザベラは湖畔で寒さを耐えながら作業を続けていた。

「品薄で、もう新しく布や透かし編みを買うこともできないし。腕のいいお針子も上流貴族が雇い込んでしまったし。自分でやるしかないのよね。やっぱり王子さまの妃探しだから、みんな力入れてドレス仕立ててるもの。もう少し見られるようにしなきゃ。……遺品に鋏を入れるのは心苦しいけど、リーテのため。先妻の方も許してくれるわ」

一人呟き寒さを誤魔化しながら、イザベラは細かな糸目に鋏を入れ続けた。

不意に、湖を渡る風が強くイザベラに吹きつける。風を受けて翻る遺品のドレスを抱え込むと、髪が緩む感触に目を瞠った。

上げた視線の先で、髪を結い上げていた臙脂色の絹のリボンが翻る。慌ててイザベラは腕を伸ばすが、風に翻弄されたリボンは高く舞い上がり高い木の枝に絡みついてしまった。

「嘘……！　大変……………っ、あれはお義父さまからいただいた、痛――！」

見えない所にまで飛ばされては堪らない。リボンを追おうと足に力を入れたイザベラは、頭皮に走る痛みに声を上げた。

髪を引っ張られる感覚に手を伸ばせば、背にしていた低木の尖った枝に髪が絡んでしまっている。少し触れただけでも、四方八方に伸びる細い棘が指先を刺した。頭の後ろを見ることもできず、解こうと四苦八苦するが、髪はより固く枝に絡みつくばかり。

「もう……っ。この剛毛ったら本当に嫌になる！　すぐ絡むし、うねるし、膨らむし。毎日どれだけ苦労して纏めてると思ってるのよ。リボン一つ取れたくらいでほどけるとか、反発力強すぎるじゃない。――って、他の髪留めも全部髪に絡んでるの？　もう、どうしたらそうなるの！」

苛立ちと焦りのまま口と手を動かしていたイザベラは、喉を鳴らして笑う低い声音に肩を跳ね上げた。

「だ、誰……？　誰かいるの？」

髪を引っ張られた状態では、周囲を見回すこともできない。イザベラの問いに笑い声の主は横合いから正面へと移動してきた。

「酷いありさまだな。縺れやすい髪だとわかっているなら、もっと座る場所に留意すべきだろう、くく……っ」

片方の口角だけを上げて笑うのは、二十代半ばほどの貴族だった。額の上で揺れる髪は滑らかな金髪。碧色の瞳は自信を湛えており、伸び上がった眉や通った鼻筋は男性らしい凜々しさがあった。

けれど放たれる言葉に気遣いなどなく、困っているイザベラを見ても笑って見下ろしているばかり。何より、盛大な独り言を聞かれていた恥ずかしさから、イザベラは口を引き結んで眉間を険しくした。

目の前の相手はどう見ても上流貴族。丈の長い外套には金色の縁取りがされており、首に巻いた襟巻きには精緻な透かし編みが施されている。靴下一つにも細やかな刺繍がされ、下草の生えた湖畔ではなく、磨き上げられた屋敷を歩くための格好だ。

フリッツのような親しみやすさもない相手に、イザベラは場違いに対する不信感しか抱けない。何より最初から今まで、面白がるように上げられた口角が気に食わなかった。

「ケーテのことといい、今日は悪いことばかり起こる日なのかしら……」

呟いて、イザベラは膝に置いた糸切り鋏を思い出した。見世物のように笑われているくらいなら、と鋏を取って絡んで丸まった髪にあてがう。

途端に笑って見ていた貴族は目を眇め、イザベラと距離を詰めた。近づかれた瞬間、深く鼻孔をくすぐる香水が匂い立つ。柔らかく広がりながら、確かに香る上質な芳香に、イザベラは意識を奪われ動きを止めた。

「待て。何をしている？　短気にもほどがあるぞ」

気づけば鋏を持つ手首を摑み止められ、イザベラは無礼な接触に相手を睨み上げた。

「放して、失礼な人ね。鋏が当たっても知らないわよ」

「待てと言っているだろう。全く……」

呆れた様子で息を吐いた相手は、手を伸ばしたかと思うと低木を揺らす。後ろで何が起きているかわからないイザベラは、耳元で枝が折られる音を聞いた。

「ちょっと、何してるの？　あなた、いったい――？」

「クラウスだ。じっとしていろ、せっかちめ。今から解く。短気を起こして髪を切り取ろうなどと、淑女のすることか。……すでに引っ張ったな。これ以上髪を傷めたくなければ、そのまま動くな」

失礼な物言いに口を開きかけたイザベラだったが、髪から伝わる感覚は、折った枝から絡んだ部分を丁寧に解くらしい気配。後ろが見えず乱暴に引っ張ってしまったイザベラは、言いたい文句を飲み込むしかなかった。

身を硬くしたイザベラに、クラウスと名乗った貴族は心底呆れた様子で息を吐いた。

「名乗るくらいしたらどうだ？　挨拶は基本だろう。それとも、そんなことも教えられていない程度の家の者か？」

横目にクラウスを見据えると、碧眼が答えを促すように細められる。他人に命令し慣れた居丈高さに、イザベラは半眼になった。

「本当に失礼な人ね。……イザベラよ。挨拶っていうのは、親しくなるためにすることでしょ。あたしがあなたに挨拶する理由がある？」

親しくつき合う気などないと喧嘩腰で応じれば、クラウスは予想外の反応らしく目を瞠った。

はらりと肩口から零れる髪を押さえて、イザベラは枝から髪が解かれたことを知る。

「礼儀として言っておくわ。――ありがとうございました」

「言葉だけの礼に何の意味がある？　礼儀とは心情を行動で表すための所作だ。心の籠らない礼など本末転倒だな」

返されるのは、言い返せない正論と面白がるらしい笑み。

悔しい思いを噛み締めながら、イザベラは髪に引っかかった髪留めを三つ手早く取り外した。

ドレスを敷物の上に置いて立ち上がり、左手の木を見上げる。枝にはまだ、風に攫われた臙脂

色のリボンが揺れていた。

「今度は何をするつもりだ？　そんな乱れた髪で歩き回るつもりか、イザベラ？」

からかう心情の表れた声で名を呼ばれ、イザベラはクラウスを見もせずに答えた。

「お気になさらず、どうぞ散策の続きでもなさって。道に迷われたなら、湖沿いに歩けば、その内お城のほうに行けましてよ」

回り道をしてでも帰れと嫌みを向けて、イザベラは木の根元から臙脂色のリボンを見上げる。リボンの引っかかった枝は、人間二人を重ねたよりも高い位置。新芽の生え始めたばかりの木の枝は見通しがいいものの、イザベラが跳び上がったところで一番下の横枝にさえ指が届くかどうか。

登るという選択肢さえ危うい高さに躊躇していると、クラウスはイザベラの隣に並んで木の枝を見上げた。

「なんだ、あれもイザベラの物か？　……まさか、いい年をして木登りでもするつもりか？」

裾を摑み上げていたイザベラは、図星を突かれて黙り込む。クラウスはまた喉を鳴らして笑い出した。

「ちょっと、さっきから笑いすぎじゃない……っ？」

堪らず隣を見ると、クラウスは袖を捲り上げて木へと歩み寄った。

手近な横枝に狙いをつけたクラウスは、ひと息に横枝へ跳び上がりぶら下がる。両腕で体を引き上げ枝の上に乗ると、危なげなく立ち上がり、高い枝に絡んだリボンへ手を伸ばした。

瞬く間のできごとに、イザベラは茫然とクラウスを見上げる。途端、湖からの風が吹き抜け木々を揺らした。

乱れた髪に視界を覆われ、イザベラは不安定な足場にいるクラウスの姿を見失う。

「きゃ……っ。ちょっと、クラウス！」

激しくなる枝葉の音に、イザベラは不安を募らせ声を上げた。

髪を押さえて視界を開けると、クラウスが飛び降りたらしく蹲るようにして着地する。慌てて近寄るイザベラに、クラウスはこともなげに立ち上がった。

「大丈夫？　落ちたの？　怪我はな――」

言い募ろうとするイザベラへ、クラウスは臙脂色の絹のリボンを差し出した。

「ほら、これだろう？　全く、登ったのが俺だったから良かったものの、リボン程度で危ないことをしようとするな」

「そ、そんなの、どれくらい大切かなんて程度を決めるのはあたしでしょ。他人にとやかく言われる筋合いないわ……だから、その………」

向けられる憎まれ口に、クラウスは片眉を上げて呆れるよう。ただ、口元には心中の余裕を物語る笑みが浮かんでいた。

「あたしにとっては、大切な物なのよ、あ、ありがとう」

イザベラは素直になれず、礼の言葉を絞り出す。リボンを受け取り安堵の息を吐くと、離れるクラウスの手の甲に赤い色を見つけた。

「やだ、さっきの木登りで怪我したの……っ？」

クラウスの手を掴み止めたイザベラは、ハンカチを取り出すと血の滲む傷口を押さえるようにして拭う。深い傷ではないが、枝で切ったのか真っ直ぐに走った傷からは血が湧いてくる。

「あぁ、これか。あっちの低木で切っただけだ。棘が入り組んでいたからな」

怪我して当たり前とでも言うようなクラウスに、イザベラのほうが慌てた。

「そんな、気づかなかったわ。ごめんなさい。服に血はついてない？　これ、ハンカチを応急処置で巻くわね。きつかったら言って」

ハンカチを手の甲に巻くと、何故かまたクラウスは面白がる様子で口の端を上げていた。

「なんで笑ってるの？　小さな傷でも化膿したら熱出て寝込むことになるんですからね」

怪我をしてまでふざけている場合かと言えば、クラウスは碧眼を細めて笑みを深めた。

「イザベラ、お前は面白いな。いつもそんなに表情を変えているのか？　愛想笑い一つせず、ここまで感情のままに振る舞う者も珍しい」

「愛想がなくて悪かったわね。けど、あたしなんて珍しくないわよ。笑ったって別に……」

不意に、笑顔が魅力的だと褒めたフリッツの言葉を思い出し、頬に熱が宿った。お世辞だったとしても、褒められて嬉しく思うのは女心の常だ。

赤くなっているだろう顔を隠し俯くイザベラに、クラウスは指を伸ばして顎を持ち上げた。

突然のことに動けないイザベラへ、クラウスは感慨深げな声音を漏らす。

「作り笑いなど三日も見れば飽きがくる。……こんな所にまで足を延ばした甲斐があったな。面白いものが見られた」

顎の下の指から顔を背け、イザベラは呆れた。

「こんな所で悪かったわね。その失礼な物言いはあなたの性格なの、クラウス？　まぁ、いいわ。うちの別荘が近くだから来て。ちゃんと手当てするから」

何が面白いのか、また喉を鳴らして笑い始めたクラウスは、イザベラの顎から手を引いた。

「その必要はない。そろそろ戻らねばならないしな……」

湖の向こうへ視線を投げたクラウスは、ふと唇を引いて笑みを作る。

「あの古い型のドレスは、城での舞踏会に着ていくのだろう？　ならば——」

不躾な物言いに半眼になるイザベラへ顔を近づけると、クラウスは耳元に唇を寄せて低く囁いた。イザベラはクラウスから漂う芳醇な香りに包まれるような錯覚を覚え、息を詰める。

「今度会う時には、ハンカチを返そう。それまでに、もう少しドレスの形を考え直しておけ」

吐息と共に耳にかかる笑い声。思わぬ近さに驚いてイザベラが身を引くと、笑いながらクラウスは踵を返した。

「な……、なんなの、あの人？　上流貴族って、やっぱり住む世界が違うのかしら？」

婚約者であったドーンにさえ、触れそうなほど顔を寄せられた覚えはない。速くなる鼓動と胸中の戸惑いを宥めるため、イザベラは深呼吸を繰り返した。

乱れた髪を肩口で纏めたイザベラは、気が削がれて片づけを始める。風の吹く湖畔で、髪を乱したまま作業するのは無理だと諦めた。

湖畔から馬車道へ出ると、イザベラは馬車が来ないことを確かめる。馬車道の向こうへ渡ろうとした時、右手から歩いてくる人影が、片手を挙げているのに気づいた。

黒褐色の髪に品は良いが目立たない色合いの外套。見慣れたフリッツの姿に、イザベラは笑みを零した。

「フリッツ。早かったのね。午後になると言っていたから、もっと遅いと思っていたわ」

「あぁ。早く来るために、用事を切り上げてきたんだ」

「あら、そうなの？　ありがとう。リーテの更生、頑張りましょうね」

ドレスを抱えていないほうの手で拳を握れば、フリッツは苦笑しつつ髪を掻き回した。

「ところで、ベラ。湖畔で裁縫かい？　縫い物なら室内でやったほうがいいだろう？」

「えぇ、まぁ……。思ったより風が強くて、あんまり進まないから戻ろうと思って。――そうだわ、フリッツ。クラウスっていう人知ってる？　金髪で碧眼の、年は二十代半ばくらいかしら。身なりが良かったから上流貴族だと思うんだけど」

一緒に馬車道を渡ろうとしたイザベラは、隣のフリッツが動かないことに気づき振り返る。

フリッツは茶色の瞳を細め、信じられないとでも言うような表情で固まっていた。

「ベラ……？　その、クラウスという人が、どうしたんだ？」

硬いフリッツの声音に首を傾げながら、イザベラは湖畔で髪がほどけてしまったことを掻い摘んで話した。

「ひと言余計な人だったけど、怪我させちゃったし、お礼しなきゃいけないと思うの」

知っていたら教えてほしいともう一度頼むと、フリッツは顎に指をかけて思案し始めた。

「まさか……、いや、こんな所に…………。でもクラウスで金髪碧眼なんてそういるわけ……」

「あら、やっぱり知ってる人？　この辺じゃ、碧眼なんて珍しいものね。何処のお家か教えてくれない？」

思案を止めたフリッツは、一度口を閉じると首を横に振った。

「いや、たぶん違う人だと思う……。けど、もし俺の知っている人だとするなら、ベラは、関わらないほうがいい」

思わぬ忠告にイザベラが驚いていると、フリッツは話を切り上げ馬車道を渡り始める。

「ちょっと、フリッツ？　関わらないほうがいいって、どういうこと？」

後を追って詳しい説明を求めるイザベラだったが、フリッツから明確な答えを得ることはできなかった。

三章　灰の中で眠る乙女

日が傾き、窓の外を茜色が染める。

早々と灯火を焚いた寝室で、イザベラは含み笑いを漏らしていた。

寝台や衝立には脱ぎ散らかした衣服が広げられ、衣装部屋への引き戸は開いたまま。机には化粧品から香水、宝飾品が所狭しと並べられ、床には幾つもの靴が箱と一緒に並べられていた。

「いやぁ……。もうやだよ、やめて、イザベラ！」

泣いて嫌がるリーテを追い詰め、イザベラは隈のできた目を眇めて笑った。

「ほほほほほ！　もう逃がさないわよリーテ。観念なさい！　——あ、お馬鹿さん。口を動かさないの。口紅がずれちゃうじゃない」

嫌がるリーテの形良い唇に口紅を塗ったイザベラは、達成感を笑みに変えて大きく頷いた。

解放されたリーテは、泣きそうな顔で声を震わせる。

「……ぬるぬるする。唇が重い…………。変な匂いと味がするぅ」

「こら、舐めちゃ駄目よ。これでも薄く塗ってるんだから、文句言わないの」

壁際の床に座り込んで口紅の不快さに泣き言を漏らすリーテ。イザベラはリーテの手を取って立ち上がらせ、ドレスの点検をした。

薄青い爽やかなドレスは四角く胸元が開き、白い肌が良く映える。ぴったりした胴回りが女性らしい曲線を描き、正面に飾った大ぶりのリボンがリーテの愛らしい容姿には良く似合った。袖にも揃いのリボンを配し、亡母の遺品から取った透かし編みを重ねることで袖周りを膨らませ華奢な手首を彩る。前の開いたスカートの下には、型崩れ防止のスカートを重ね、裾には大きく襞を縫い寄せて飾りにしていた。外見のスカートには縁に刺繍を施し、初夏の植物を描き出すことで季節感を演出している。

繊細な白金の髪に飾った花を模した宝飾品は、リーテの亡母の形見。結い上げた金髪の下からすんなり伸びる首筋が、大人の風情を漂わせていた。

仕上がりの良さに、イザベラはもう一度頷く。不服顔のリーテが笑えば、王子であろうと目を奪われること間違いない。

満足するイザベラの後ろから、ヴィヴィは笑いを含んだ呆れ声を発した。

「馬子にも衣装ってやつだね。あのリーテがねぇ。魔法にでもかけられたみたいじゃん」

褒めつつ腐すもう一人の妹を振り返り、イザベラはその出来栄えを確認する。

若葉色のドレスの深い襟ぐりは半円を描き、絹を寄せて作った布飾りが襟周りを彩っていた。胴回りの正面は刺繍で埋められ、同じ模様がスカートの縁まで伸びる形。袖には薄布を飾り軽やかに。スカートはリーテと同じ二枚重ねだが、後方に大きく布を寄せ、膨らみを作り、全体の輪郭に差異を作っていた。

巻いた赤毛を片側に垂らした髪型は、若葉色のドレスと相まって、赤い花が咲いたよう。

頷くイザベラは、堪らず欠伸を漏らし片手で口を隠す。

「ふぁ……。魔法なら簡単だけど、結局あたし徹夜で仕上げたのよ」

「ベラがリーテ送り込むなんてこと考えなきゃ、こんな手間かからなかったんだって」

欠伸を嚙み殺すイザベラだけが、普段着のままだ。

「……ねぇ、イザベラ。本当に、わたしが舞踏会に行くの？　イザベラ行きたいんじゃない？」

赤い唇を尖らせ言い募るリーテに、イザベラは往生際が悪いと言い聞かせる。

「何言ってるの、お馬鹿さん。王子さまに会うのはリーテじゃなきゃ駄目なのよ。それに、あたしの着ていくドレスはもうないの。持ってきてたドレスはリーテの丈に合わせて縫い直したの知ってるでしょ。手伝ってたんだから。――靴だって、それあたしが気に入って舞踏会のために誂えたんだから、汚しちゃ駄目よ。履き崩さないようにしてね」

リーテの足元には、大ぶりな硝子の飾られた靴が履かれていた。透明度の高い硝子を中心に、花模様に硝子の粒が縫いつけられた靴は、踊る度に裾から覗き人々の目を引くことだろう。

晴れ舞台を前に不服の声を上げたリーテを遮り、寝室の扉が外から叩かれた。

「可愛い娘たち。準備のほどは、どうかな？」

温和な問いかけは、義父であるフェルローレン男爵のもの。イザベラは勇んで扉を開けた。

「どうぞいらして、お義父さま。リーテも見違えたのよ」

寝室の外には、すでに身支度を終えた父母が揃っていた。

イザベラによく似た顔つきで長身の母は、元来表情の動きが少ない。それでも普段着のままのイザベラへと気遣わしげな視線を向ける。

苦笑を母に返し、イザベラは自身よりも小さな義父に微笑みかけた。性格を表すように顔もお腹も丸いフェルローレン男爵は、いいのかと何度目かもわからない問いを繰り返す。

「イザベラ、気を遣わなくてもいいのだよ。君は私の娘だ。リーテと同じ、大事な私の子だよ?」

「ありがとう、お義父さま。でも、せっかくの機会なんだもの。見初められる可能性の高いリーテが行くほうが絶対にいいわ。──それにほら、リーテもこれだけ素敵になったのよ」

気遣い眉を下げる義父の前に、イザベラはリーテを立たせる。母は息を飲み、義父は大きく体を戦慄かせたかと思うと、瞬く間に顔を赤くして涙を浮かべた。

「おぉ……！　なんてことだ。まるで妻が戻ってきたようだ。こんなことがあるだろうか！」

感涙に咽ぶ義父は、身綺麗にした娘が亡くなった先妻そっくりであることに驚嘆する。

「イザベラ！　あぁ、ありがとう。君が娘になってくれて、本当に嬉しいよ。あぁ、ヴィクトリア。君もなんて美しいんだ。咲き初めた大輪の花とでも言えばいいのか！」

「お義父さま、褒めすぎぃ」

満更でもない様子で茶化すヴィヴィは、逃げないよう、しっかりとリーテの腕を取った。見送る形のイザベラに、ヴィヴィは片目を瞑ってみせる。

「ヴィヴィ、言葉遣いには気をつけるのよ。ふぁ……」

「ベラ、お母さんよりも口煩いんだから。あたしはやればできるっての」

ヴィヴィが喋る間もまた欠伸をすれば、母が声をかけた。

「イザベラ、ずいぶん疲れているじゃない。軽食を用意させましょうか?」

「うぅん、ありがと。眠りたいから、静かにしていてもらえればいいわ」

気遣いに苦笑すると、義父は丸い顔に困ったような皺を浮かべ、本当にいいのかと念を押す。

「イザベラ、君も王子の目に留まる機会くらい――」

「あら、あたしじゃ無理です。それよりも、リーテのほうがずっと可能性あるんだから、ちょっとずるしてでも王子さまに会う機会作らなきゃ」

申し訳なさそうにする義父に、母は優しく声をかけた。

「どうか、娘の心遣いを受け取ってくださいな、あなた。――さ、行きましょう。イザベラ、見送りはいいから休みなさい。目の下にくまができてますよ」

「はい。それじゃ、お言葉に甘えて」

眠らせてもらうとイザベラが答えれば、不貞腐れるリーテを促して家族は寝室を後にした。

一人残ったイザベラは、広げた化粧道具を片づけつつ、三日続く舞踏会への衣装点検も行う。

「今夜があたしの薄青で、明日が遺品の桃色。明後日はあたしのと遺品を合わせた白。……仕立て直したのがなぁ。刺繍増やして、胴体部分別の布にして。裾の丈や刺繍はリーテにも手伝ってもらったけど。ふぁ……。我ながら、頑張ったわよね」

片づけは終わったかと、リーテから剝いだ使用人の服を抱えたイザベラは、ふと思い出す。

「リーテに貸した裁縫道具、返してもらってないじゃない。最後に見たのは、灰置き場よね」

イザベラは寝ぼけ眼を擦りつつ、厨房へ足を向けた。

食器置き場に踏み入り、イザベラはリーテの服を抱えたままだと気づく。

「あたしったら、置いてくればいいのに。だいぶ眠気で判断力鈍ってるかも」

やはり寝ようと一人頷きつつ、厨房へ入っても誰もいない。普段なら夕食のために使用人が騒がしく立ち働いているが、今夜は食事する人間がおらず早めに厨房の火を落としたようだ。

リーテとの入れ替わりがばれないよう、舞踏会への見送りもさせていない。今別荘にイザベラが残っていることを知る者はいなかった。

厨房の奥、使用人用の食堂へ目を向ければ、暖かな明かりと賑やかな声が漏れ聞こえている。

「たまにはゆっくり楽しく、食事したいわよね。静かに、静かに……」

使用人に気づかれないよう、足音を忍ばせて灰置き場に行くと、籠に入れた裁縫道具を見つける。窓のない食糧庫は暗く、イザベラは目測を誤らないよう床に膝を突いて手を伸ばした。

屈んで灰置き場をよく見れば、灰の飛散を防ぐために被せられたように見えていた布は、ベッド用のリネンだ。明らかに、それはリーテが寝るために敷かれたシーツだった。

「……リーテが灰にシーツ敷くなんて手間、かけるわけないものね。使用人のお節介かしら？」

困ったものだと嘆息して、イザベラは灰の上のリネンに手を乗せる。柔らかな灰の粒が指を包み込むように広がり、温かな感触がじんわりと染みた。

「こ、これは……っ」

誘惑に抗えず灰の上に横になると、灰の細かな粒に包み込まれるように体は沈む。熱を蓄えた心地良さが、疲れた全身を暖めた。持っていたリーテの服を上掛け代わりに使えば、灰から昇る温かさを逃がさず横になれる。

「あ、駄目……。だめ、なのに…………ふぁ……」

押し寄せる睡魔に抗えず瞼を閉じれば、イザベラの意識は一瞬で闇に落ちた。

「きゃ……っ。誰かいるわ」

食堂からの足音と共に、驚きの声が発された。

「しぃ。ほら、灰の中で寝るなんてアシュトリーテさまに決まってるだろ」

「もしかして、舞踏会に行けないから……？　お可哀想なこと」

「今はゆっくり寝かせよう。今夜は意地悪く怒鳴るイザベラさまもいないことだし」

遠ざかる使用人の囁き声。イザベラは頭の片隅でまずいことになったと感じる。リーテを叱れなくなるという危機感はあっても、睡魔の手は絡みついて離れてくれなかった。

イザベラはすすり泣きを聞いて振り返る。大人では入り込めない榛の木の下に潜り込む少女を見つけて、すぐに夢だと気づいた。黒髪の少女は、幼い日のイザベラだ。

「僕、べ、ベラと離れたく、ない……っ」

榛の木の下には、苦しげに引き攣る息遣いで泣く小さなフリッツもいた。夢は七年前、フリッツの外国行きが決まった日の情景だった。

「そりゃ、あたしもフリッツとはなれるのは心配よ。泣き虫なんだもの。遠くへ行ったら、泣きすぎて干からびてしまいそうだわ」

幼さ故に本気で案じる自身に、イザベラは夢とわかりつつそんなことはないと突っ込みを入れた。けれど幼い二人は狭い木の下で寄り添い合って、互いの不安を和らげようと必死だった。

「おとうさま、僕が、嫌いになったんだ。だから国外に……。いらない子に、僕、なったんだ。誰も、僕を好きに、なってくれな、いんだ」

悲観して泣き暮れるフリッツに、幼いイザベラは慰めるように頭を撫でながら首を捻った。

「あたしは好きよ、フリッツのこと。誰も好きになってくれないわけ、ないじゃない」

フリッツは驚いたように顔を上げ、瞬く度に瞳からは涙が落ちた。

「ほんと……? ほんとに僕を好きでいてくれるの、ベラ? ほんとうに──」

何度も同じ質問を繰り返され、幼いイザベラは怒りだす。

「なによ! そんなにあたしが信用できない? フリッツは遠くへ行ってあたしを忘れるの?」

幼いイザベラの問いに、小さなフリッツは慌てて首を横に振った。

「そんなことない! ベラを好きでいる。ずっと、ずっと好きでいるよ。約束する、ぜったい!」

「ぜったいね? それなら、あたしもぜったいフリッツを好きでいるわ。だいじょうぶ、どこにいても、あたしだけはフリッツを好きだからね。あんしんしていいわ」

安心して国外へ行くといい。言葉の重みも知らず、幼いイザベラはただ小さなフリッツが泣き止んだことに満足する。

忘れたわけではないが、思い出すことのなかった記憶を夢に見て、イザベラは嬉しそうに笑う小さなフリッツを見つめた。

「嫌いじゃないと好きは、違うわよね。あたし、フリッツとの約束守れていたのかしら?」

再会の日、翻るリネンの白の向こうで、フリッツが見上げていたのは榛の木だった。それは、約束を交わした木と、よく似た枝ぶりをしている。

フリッツは、別れの約束を覚えていたのだろうか。

浮上する意識と夢の間で、イザベラは自答した。少なくとも幼い日の約束に嘘はない。

榛の木の下で交わした言葉は、イザベラの素直な気持ちだった。

* * *

心地良い眠りに浸っていたイザベラは、靄が晴れるように意識が明確化した。癇に障る物音が鼓膜を揺らし、軋みぶつかる音の騒々しさがイザベラの眠気を押しのける。

「んぅ……、もう、うるさいわねぇ……」

身を起こしたイザベラは灰の温もりから離れ、寝ぼけ眼を擦りつつ音の方向へと足を向ける。夜の暗さで視界は利かないが、蝶番の軋みと戸が揺れてぶつかる音で、食糧庫の裏口を外から開けようとしているらしいことはわかった。

「はぁい、今開けるから、夜にうるさくしないでよ」

欠伸を噛み殺して裏口に声をかけると、応じるように戸の揺れは収まる。眠気で判断能力が低下したイザベラは、相手も確かめずに裏口の閂を外した。

外から勢いよく裏口が開かれ、冷たい夜気が吹きつける。目を瞠ったイザベラの横を、膨らんだスカートを摑み上げた人影が走り抜けた。

「え……っ？　ちょっと、待ちなさい。リーテ？」

驚きのあまり目の覚めたイザベラは、慌ててドレス姿のリーテを追った。

外はまだ物の影もわからないほど暗く、夜は深い。どれくらい寝ていたかわからないが、舞踏会が終わるには早い時分。何より、何故リーテ一人が裏口から帰ってきたのだろう。

リーテは灰置き場のリネンの上で俯せに身を投げ出していた。

「あ、こらお馬鹿。ドレスのまま寝るんじゃないの。皺になるでしょ。だいたい、何があったのよ。リーテ一人なの？　お義父さまたちはどうしたの？」

肩を揺すり問いかけても、リーテは灰に顔を埋めて答えない。いつもなら嫌々とわがままを言って騒ぐはずだが、リーテのいつにない様子にイザベラは対応に困った。

「本当にどうしたのよ……？　しょうがないわね。ともかく、ドレス脱ぎましょ。そのまま寝たら苦しいから。ほら、宝石も外すわよ。お母さまの遺品に傷がついたら大変じゃない」

声をかけつつドレスを脱がせ、装身具を取る。文句も言わないリーテは、灰置き場から起き上がる気配もなかった。

動かない相手からドレスを脱がすという重労働を終えたイザベラは、肌着姿になったリーテに上掛けにしていた使用人の服を羽織らせた。

徹夜をし、起き抜けに動いたため、イザベラにはもうリーテを追及する気力は残っていない。怪我がないことだけを確かめて、嘆息を吐いた。

「いいわ、リーテも疲れたでしょうから、今夜はここで寝ても許してあげる。寒かったらちゃんと服着るのよ？　それに、明日には何があったか教えてもらいますからね」

普段なら、面倒だと不平を零すリーテが、聞こえていないかのように身動き一つしない。心配しながら、イザベラは足早に厨房から自室へ引き上げた。物音に気づいた使用人が様子を見に来るかもしれない。万一、灰の中で眠っていたのがイザベラだとばれては示しがつかないのだ。

「それに……、これはどういうこと？」

自室に戻ったイザベラは、できる限りの明かりを寝室に灯した。一本足の小卓に脱がせたドレスを広げると、あまりの惨状に目を瞠る。

脱がせる際、触って気がついてはいたが、裾は土に汚れ、ドレスの至る所に枝葉が絡みついていた。裾を飾る刺繍はほつれ、薄青い布地には草の汁だろうか染みが幾つも広がっている。

「うぅ、何したのよ、あの子………。せっかくのドレスが台なしじゃない。この刺繍上手くできたって喜んでたくせに。あぁ、貸した靴も泥だらけ……」

お気に入りの靴は、煌めくはずの硝子に泥が付着して汚れてしまっている。縫いつけられた硝子の粒が欠損していないのは、不幸中の幸いだった。

「っていうか、これ湖周辺のぬかるみに踏み込んだわね。どうしてお城に行ってこんなことになるのよ？　怪我はないみたいだけど、やっぱり明るいところで診たほうがいいかしら？」

肩を落として思案するイザベラは、鼓膜を揺らす騒音に顔を上げた。

夜の静けさを乱すのは、馬車道を駆ける車輪の音。イザベラは別荘正面を見下ろす窓のカーテンを引き開け、夜の闇に目を凝らす。

近づく灯火は激しく揺れ、馬車の急ぎようを物語っていた。馬を急かす鞭の音が聞こえてくると、馬車は乱暴な勢いで別荘へと走り込む。

「まさか、お義父さまたちが帰ってきたの？　でも、まだ舞踏会が終わるには早すぎるでしょ」

舞踏会は夜を徹して行われる。外の闇は深く、夜が明ける気配はまだ遠い。

イザベラが見下ろす先で、馬からは丸く小さな人影が飛び出す。後を追う対照的な細く背高い姿に、イザベラは父母であることを確信した。

二階にある寝室から出て、玄関広間を見下ろす廊下の柵を掴む。別荘の使用人も馬車の音に気づいたのか、俄かに別荘全体が騒がしくなった。

玄関の両開きの扉が激しく開かれると、転がるように義父が飛び込んでくる。続く母もいつになく張りつめた顔をして、長い裾を両手に摑んでいた。

「リーテ、リーテはいるか！　あぁ、リーテはいったい――！」

冷静さを失った義父の震え声に、イザベラは二階から声を上げた。

「お義父さま、リーテなら厨房で寝てるわ。ねぇ、いったい何が――っ」

イザベラが質問を終える前に、義父は猛然と厨房に向けて走り出す。後を追う母も、状況の説明はしてくれなかった。

父母を追おうと階段へ向かいかけたイザベラは、開け放たれたままの玄関から、若葉色のドレスを摑み上げて駆け込むヴィヴィを見つけた。

「あ、ヴィヴィ！ お帰り。ねぇ、いったい何があったの？」

母を追おうとしたヴィヴィは、イザベラを仰ぎ見る。その後ろには、フリッツの姿もあった。

「あら、フリッツも来たの？ リーテなら帰ってるわよ。舞踏会で、いったい何があったの？」

「何があったどころじゃないって！」

叫んだヴィヴィは猛然と階段を駆け上がり、イザベラの腕を掴む。引き摺られるままに寝室に入ったイザベラは、フリッツが辺りに誰もいないことを確かめて寝室の扉を閉めるのを見た。

フリッツは落ち着いているが、有無を言わさぬ声音で質問を向ける。

「ベラ、まず教えてくれないか。アシュトリーテが帰ってきてるって本当？」

「えぇ、裏口からね。驚いたわ。一人で帰って来るんだもの。その上、何も喋らないの。ドレスや靴だって、このありさまよ」

小卓の上に広げたドレスを示せば、ヴィヴィは驚きに声を上ずらせた。

「うっそ……！ ほんとに城から自力で帰ったの？ この暗い中を？」

「やっぱり？ 見て、この靴。たぶん、馬車道じゃなくて湖近くを走ってきたんだと思うの」

舞踏会でいったい何があったのか。イザベラは目顔で答えを求めた。

突然ヴィヴィは声を上げて笑うと、不躾にイザベラを指差す。

「てか、ベラ正解！ 王子さまリーテにひと目惚れしたって！」

「え……っ、嘘！ 本当に？」

同意を求めてフリッツを見ると、苦笑と共に頷きを返された。

「ただし……、十二時の鐘が鳴った途端、王子の前から逃げ出したんだ」

「へ……？　えぇぇええ………！　何よ、それ！」

つい食ってかかったイザベラに、フリッツは声を低めるよう手振りで示す。

「俺たちも驚いたんだ。大広間から庭園へ飛び出して、行方がわからなくなった。王子も兵を使って捜したが見つからない。帰ってるんじゃないかと男爵が言うから、様子を見に来たんだ」

まさか本当に徒歩で帰っているとは思わなかったと、フリッツは呆れるような賞賛するような視線を汚れたドレスに向けた。

あまりのできごとに、イザベラは全身を戦慄かせる。

「…………何よそれ！　勿体ないじゃない。せっかく王子さまに見初められたんでしょ？」

イザベラが堪らず声を荒げると、ヴィヴィは腹を抱えて笑った。

「てか、ありえないでしょ！　なんで王子さまと踊った後に逃げんの？　いつもわけわかんないけど、今夜は極めつけにわけわかんない！」

面白がるヴィヴィに、イザベラは拳を握って宣言する。

「明日よ……！　舞踏会は三夜連続であるんだもの。リーテをもう一度舞踏会に送り込んで、ちゃんと王子さまと向き合うようにしなきゃ。この千載一遇の好機を逃す手はないわ！」

イザベラの熱い決意に、フリッツは拍手を送った。

「頼もしいな。俺に手伝えることがあったら言ってくれ。協力は惜しまないよ」

目を細めて笑むフリッツに、夢で好きでいると必死に繰り返した幼い顔を思い出す。

「あ、ありがとう！　さぁて、明日のドレスの準備と、この汚れどうするか考えなきゃ！」

あえて声を大きくするイザベラは、騒ぐ胸の内をやる気の表れだと自分に言い聞かせた。

湖面に映り込んだ月が輝く夜。

国王の別荘である白亜の城は、三晩に及ぶ舞踏会の最終日を迎えていた。

奥行きのある大広間には数えきれない蠟燭が灯され、装飾も兼ねて飾られた鏡が光を反射し人々を照らしている。

思い思いに着飾った貴族は社交を繰り広げ、国王夫妻を始めとする王族の周囲から人が途切れることはない。貴婦人は転がるように話題を変えて笑声を響かせ続け、老いも若きも紳士は鮮やかなドレスに目移りし、宮廷楽団は今宵最後と休まず曲を奏で続けた。

豪奢な大広間に相応しい、精緻な柱頭飾りに彩られた柱の陰で、イザベラは息を潜める。何処を見ても煌びやかな舞踏会の中、誰よりも衆目を集めるひと組の男女を見つめていた。

白を基調に薔薇を模した布飾りを配し、銀糸の刺繡を施したドレスを纏うのはリーテ。向かい合う、黒を基調とした礼服に金糸の刺繍や金釦で身を飾るのは、第二王子エリックその人だ。リーテよりも濃い金色の髪に、煌めく碧眼。鼻が高く額は秀で、理知的な眼差しの下、微笑む口元に見える白い歯が爽やかだ。

熱く王子と見つめ合うリーテに逃げる気配はなく、イザベラは胸を撫で下ろした。

「……まさか、リーテの美貌と釣り合う人がいるなんて、思いもしなかったわ」

甘く清らかなリーテの美貌に、エリックの凜と爽やかな美男ぶりはよく似合った。二人が並んでもどちらかが見劣りすることはなく、二人でいるからこそ美しさが際立つようだ。

感嘆の息を吐いたイザベラの横に、気配が立つ。首を巡らせると、フリッツが苦笑を浮かべていた。知人らしい貴族に声をかけられ離れていたはずが、イザベラの下へと戻ってきたのだ。

「フリッツ、もういいの？　あたしのことは気にしないで、ご挨拶に回っていいのよ」

無理を言ってフリッツに同伴を頼んだ上、舞踏会の間まで拘束するつもりはない。

「リーテを追いかけたせいで、大広間に入るのも遅れたんだし。フリッツが来てること知らない人も多いんじゃない？」

入城と同時に、リーテは馬車を飛び出し行方を暗ませた。追ったイザベラとフリッツはリーテを見失い、途中参加の形で大広間へ入ったのだ。

挨拶回りは社交の基本。二晩連続で逃げ出したリーテを見張るために参加したイザベラはともかく、フリッツはやるべきことがあるはずだった。

辺りに視線だけを巡らせ、柱の陰に立つフリッツは悪戯っぽく片目を瞑ってみせる。

「俺も、アシュトリーテと第二王子の恋路に興味があるんだ。つまらない挨拶回りで作り笑いしてるより、ベラと一緒にいるほうが気楽なんだよ」

作り笑いをし続けていると、頬が引き攣り、口も上手く回らなくなる。覚えのあるイザベラは、思わず噴き出した。

優しく微笑むと、フリッツは顎に指を添えて考え込むように口を開く。

「見ている限り、両方ともひと目惚れなのにな。何故アシュトリーテは逃げるんだ？」

「あたしもそこが気になったけど、言わないの。嫌なことははっきり言う子だから、王子さまに会うために舞踏会に出るのはいいみたい。けど、何かがリーテを逃げたい衝動に駆らせてる」

「で、その理由を自分で確かめるために、ようやくベラは舞踏会に参加する気になったわけか」

残念そうな嘆息を吐くフリッツに、イザベラはとある可能性に気づいた。

「もしかして誘いたい人いた？　だったらごめん……っ。でも、あたしの名前でリーテが来ているから、同伴がいないとお城に入れなかったの。フリッツ以外に頼める人思いつかなくて」

横目にフリッツを窺えば、何処か嬉しげに眉を上げ、気にしなくていいと請け負ってくれた。

「いいさ。ベラの手助けをすると言ったんだ。俺を頼ってくれて嬉しいよ」

フリッツは隠れているためか、普段よりも低めの声音で囁く。同時に、見つめる先で、エリックが顎を上げ、リーテの片手を取り歩き出した。

「あ、曲が変わる。踊るのかしら？　人だかりができる前に見張れる場所を取らなきゃ……っ」

勢い込んで柱の陰から飛び出そうとするイザベラを、フリッツは押し留める。

「ベラ、二人を間近に見たいなら、いい方法がある。ほら、手を貸して」

言われるままに、差し出されるフリッツの掌に手を重ねると、柔らかく握られる。何をするかわからないまま、イザベラは微笑むフリッツに先導された。行く先の人々は道をあけ、同じように手を取り合った男女が輪を作り始めている。

「え……？　ちょっと、フリッツ。まさか、踊るの？」

尻込みするイザベラに、フリッツは肩越しに振り返ると柔らかく目を細めた。

「踊りの中心が第二王子の場所だ。そこから踊り手の輪ができて、観衆の人垣ができる。なら、一番近くで二人を見られる場所は、踊り手の輪の中だろう？」

イザベラは落ち着かない胸のざわめきと頬の熱に、焦って抵抗の言葉を連ねた。

「そ、それはそうだけど……。あたし、あんまり得意じゃな――」

「練習を見る限りそんなことないさ。大丈夫、俺がリードする」

小声で言い合う間にも、フリッツはイザベラの手を引いて、踊り手の輪に並んだ。周りが抱き合うように準備をすると、イザベラもう引き返せず乱れる胸を鎮めるように息を吐いた。

宮廷楽団が、休む間もなく円舞曲を奏で始める。合わせて、踊り手の輪はリーテとエリックを中心に円を描いて動き始めた。

「ベラ……、強引に引き込んだこと、怒ってる？」

踊り出してから問うフリッツに、イザベラは笑いを漏らした。気恥ずかしさはあっても、怒るようなことではない。

「そんなことないわ。フリッツの言う通り、ここが一番よく見えるもの」

イザベラはフリッツと円舞を踊りながら、リーテへ心配の視線を注いだ。踊る足取りは危なげなく、エリックの足を踏む様子はない。

イザベラの手を取って踊るフリッツは、横目に踊る進路を確認しつつ呟いた。

「第二王子はこの三日、謎の美姫に入れ込んで彼女以外とは踊らない。アシュトリーテの身元がわからなくて良かったかもしれないな……。でなきゃ、今頃フェルローレン男爵は上流貴族から娘を舞踏会に出すなと圧力をかけられていたはずだ」

周りに聞こえないよう声を低めるフリッツに、イザベラは肩を揺らした。

「ど、どういうこと……？　穏やかじゃないわね」

「ベラ、あそこでしかめっ面してる壮年の男が見えるか？　あれは行き遅れの娘を王子の嫁にしたい公爵。そっちで髭引っ張って苛立ってるのは、金に物を言わせて王族と縁を繋ぎたい領主。あっちはそれなりの容姿を持った娘を売り込むつもりだった伯爵だ。他にもこの千載一遇の好機を掴もうとしていた貴族はいくらでもいる」

イザベラがリーテの玉の輿を夢見たように、己の娘こそエリックの妃にと望んだ者たちだ。

自ら名乗らないリーテが、何処の家の娘なのかをエリック自身知らない。突然逃げ出し、誰もその行方を追えなかったことから、謎の美姫と呼ばれるようになっていた。

フリッツが教える貴族を確認したイザベラは、危うく義父に迷惑をかけるところだったと胸を撫で下ろす。礼をしようと顔を上げると、笑み緩む茶色の瞳を間近に見て息を止めた。

「ようやくこっちを見たな、ベラ。これだけ近くにいるのに、ずっとアシュトリーテの心配ばかりで、全く目が合わなかった」

はにかむように笑うフリッツは、いつも通りの穏やかな優しい眼差しをしていた。けれど普段と違う豪奢な城の中、高襟の礼服を纏い着飾ったフリッツは、王子にも劣らない貴公子のようで、イザベラはすぐに視線を逸らしてしまう。

固く締めたコルセットの下、跳ねる胸の内に首を傾げた。

「踊る時、目を見るのは基本だし、フリッツは何も変なこと言ってないわよね？……………踊り疲れた？でも息苦しくないし。うん、きっと気のせいね」

自己完結するイザベラの頬に、フリッツの嘆息がかかる。

「近くにいる時くらい、話を聞かせてほしいな。それとも、会話してる余裕もないくらいダンスは嫌いかい、ベラ？」

苦笑交じりに請うフリッツに、イザベラは慌てて顔を上げた。

「別にフリッツと話したくないわけじゃ……っ」

知っていると言わんばかりに深められるフリッツの笑みに、イザベラは心中を覗かれたような気恥ずかしさを覚えた。

「……っ。も、もうちょっと、リーテたちに近づきましょ……っ」

わけもなく胸の底から湧く落ち着かなさに、イザベラは後先も考えず足を踏み出した。

「おい、ベラ。無理に動くと危な……っ」

死角から踏み出した別の踊り手とイザベラがぶつかる寸前、フリッツは強くイザベラの腰を引き寄せ衝突を回避する。

瞬きさえできないイザベラのすぐ側で、フリッツは安堵の息を吐いた。

「ベラ、急にどうしたんだ？　この状況でアシュトリーテに近づくのは無理だ」

冷静なフリッツの指摘に、イザベラは俯いて小さく謝った。

「ごめん、その……あ、あの二人が何か話してたみたいだから、気になって」

適当な言い訳を並べるイザベラは、フリッツに強く抱かれた腰が気になって仕方がない。本来の手の位置である肩甲骨にフリッツの手が移動し始めると、余計に気が散ってしまう。

「ここからじゃ声は聞こえないけど、あの二人の表情を見てれば、何を言っているかは想像できそうじゃないか？　それに、今は逃げ出す気配もない」

苦笑交じりに言うフリッツの視線の先では、熱く見つめ合ったまま周りには一瞥もくれないリーテとエリックの姿があった。

「でも、初日から王子と踊ったのに突然逃げ出して、二日目は満更でもなさそうに出かけたのに逃げ出したのよ。リーテは絶対、三回目もやらかすわ」

確信をもって言い切るイザベラに、フリッツは苦笑を噛んだ。

フリッツも王子に近づこうとするが、気になっているのはイザベラたちだけではない。周囲で踊る者皆、つかず離れず王子と謎の美姫を覗い、声が聞き取れる距離まで近づくのは難しい。真剣に行く先を見定めるフリッツの顔は、もう見慣れたと思っていた穏やかな幼馴染みのものではなかった。目覚ましい成長に今さら心乱されてどうすると、イザベラは自らを叱咤する。

気を散らす自らを戒めるように、イザベラはリーテへの不安を口にした。

「今夜で最後なのよ。また見失うわけにはいかないの。気を引き締めなきゃ」

誰と共に入城したかもわからないリーテは、身元がばれていないと同時に、王子であるエリックも何処の誰とも知らない姫を、国王夫妻に紹介することができずにいた。誰が見てもエリックが選んだのはリーテだが、妃にするための婚約宣言さえ未だにできていないのだ。

瞳だけを動かして、フリッツはリーテと踊る第二王子に同情の視線を向けた。

「まぁ、ふらっと庭から大広間に現れたアシュトリーテを、ひと目で見つける王子だ。さすがに三回も唯々諾々と逃げられやしないさ……」

リーテとエリックの踊りを見守るだけで、舞踏曲は終わりを迎える。盛大な拍手と共に舞踏の輪は解散し、イザベラはフリッツに手を引かれ一度大広間の中央から退いた。

リーテとエリックはと言えば、曲が終わってもなお二人だけの世界に浸り、周囲の好奇の視線さえも意に介さず、誰も声をかけられない雰囲気を醸している。

近くで見張ろうと足を踏み出しかけたイザベラの肩を、遠慮なく掴み止める手があった。

「ちょっと、ベラ。少しはもう一人妹がいること思い出してもいいんじゃない？」

嫌みを口にするのは別荘を出て以来のヴィヴィだ。イザベラはフリッツの用意した馬車で入城し、馬車から飛び出したリーテを追ったので、ヴィヴィとは大広間に入った時間も別だった。

今夜は黄色いドレス姿のヴィヴィは、袖とスカートに色調の違う黄色い薄布を括り上げ、爽やかな小花の柄を散らせている。

改めて妹の姿に頷いたイザベラとは対照的に、ヴィヴィは盛大に眉を顰めた。

「ちょっと、ベラ。やっぱりもっとどうにかしたほうが良かったんじゃない、そのドレス」

ヴィヴィの苦言にイザベラは自身のドレスを見下ろした。

深緑の布地に刺繍はなく、襟ぐりを深くする流行の型と違い、首元は詰まっている。袖から見える薄布の襞は簡素で、普段着と変わらない。スカートには胴回りから伸びた裾が半端な長さで覆っており、その下から覗くスカートも安い布地の典型である縦縞の模様しかなかった。

「……しょうがないでしょ。あたしの持ってるドレスはリーテに合わせちゃったんだから。それに、他のドレスの使える所もリーテのドレスに切り張りしたし。これしかなかったのよ」

舞踏会に参加する気のなかったイザベラは、フリッツに同伴を頼んだものの、着ていくドレスがなかったのだ。足には舞踏会初日にリーテに貸した靴を必死に磨いて履いて来たが、煌めく靴と地味なドレスではちぐはぐでしかなかった。

大きく嘆息したヴィヴィは自身のエメラルドの首飾りを外すと、イザベラの後ろに回る。

「ちょっと、ヴィヴィ。これ、あんたがお義父さまに頼んで作ってもらった首飾りじゃない」

「しょうがないじゃん。こんなみすぼらしいのが姉だなんて、恥ずかしいっしょ。あたしはまだドレス凝ってるからいいの。ベラ、少しは一緒にいるフリッツのこと考えてやんなよ」

首飾りを着け正面に戻ったヴィヴィは頷き、ないよりはましと貶すような言葉を向ける。

「ほら、あたしに文句言ってるより、早くしないとフリッツ見失うよ」

機先を制されたイザベラは、ヴィヴィの指の先を追って後ろを振り返った。

イザベラの真後ろには、季節の花を飾った他人の頭。フリッツがいたはずの場所に、いつの間にか色とりどりのドレスが壁のように広がっている。

一歩引いて淑女の壁を眺めたイザベラは、結い上げ盛った髪の合間に、フリッツの微笑む顔を見つけた。次々にかけられる声に応じるフリッツは、イザベラに目を向ける暇もない。

「へ……、どういうこと？　フリッツいつの間にこんな………」

「今の間に。あたしとベラが話してる内に、一瞬で囲まれちゃってんの。舞台の幕を下ろすみたいにさっと現れて、フリッツ覆い隠しちゃってさ」

面白がる口調のヴィヴィに、イザベラは呆れ驚くばかりだ。

「隠すって言うか、完全に囲まれてるじゃない。これじゃ声もかけられ――」

「じゃ、ベラ。あたしは話したい人いるからもう行くわ」

片手を挙げるヴィヴィに、イザベラは慌てた。

「ちょっと、ヴィヴィ。待ちなさいよ。あたし一人にな――」

イザベラの制止も聞かず、ヴィヴィは踵を返すと人混みの中へと消えていく。

人々の笑い声と話し声が混じる賑やかな舞踏会の中、イザベラは一人で立ち尽くした。

「……声、かけたとして、フリッツに聞こえるのかしら？」

三重にフリッツを囲む淑女は、聞こえようと聞こえまいと構わず声を上げていた。

華やかなドレスを窺いつつ、声をかけられる隙はないかと周囲を回ったイザベラは、同じように輪に入れずにいる女性陣がいることに気づく。

「いったい誰？　目が肥えてらっしゃるから、理想が高くて誰も選ばないと聞いていたのに」

「本当。いきなり現れて何さまのつもりかしら？　あんな取ってつけたようなドレスを着て」

忌ま忌ましげに囁かれる会話に、イザベラは耳をそばだてる。フリッツに近寄れない手慰みに、謎の美姫であるリーテを批判しているのかと、耳に神経を集中させた。

「どんなに誘われても誰ともお踊りにならなかったのに……っ。フリートヘルムさま」

耳にした名前に、予想外だったイザベラは思考が止まってしまう。

「ん、フリートヘルムって……。踊った相手がって、あれ？　もしかして…………、あたし？」

リーテの噂と思い違っていたイザベラが状況を捉えきるより早く、暇を持て余した淑女たちは不満を口にし続ける。

「ご覧になって。あのセンスのないドレスの型。柄だけでも安物だとわかるわ」

「見てるこっちが恥ずかしい。スカートもぺちゃんこ。重ねるだけの布地も買えない身分なの？」

「私だったら、あんな格好ではお城にも上れない。まして、フリートヘルムさまと並ぶなんて」

嘲笑の混じる声音は、明らかにイザベラに聞こえているとわかっての嫌み。こっちにも事情があると心中で言い返していたイザベラに、肩をぶつけて通りすぎる淑女がいた。

「あら、あれってフリートヘルムさまと踊ってた……」

謝りもしない淑女の連れ合いは、片眉を上げてイザベラへ一瞥を投げる。

「わたくし存じてましてよ。去年の舞踏会で見ましたの」

文句を言おうとしていたイザベラは、去年のという言葉に顔を逸らした。心中の気まずさとは裏腹に、耳は確かに言葉を拾う。

「ヘングスター男爵子息の婚約者。フェルローレン男爵の養女ですわ。……全く、どんな悪い手を使ってフリートヘルムさまに近づいたのかしら」

「あぁ、私も覚えてますわ。あら、けれどその婚約者は何処？　まさか……」

嫌な予感は当たり、イザベラは黙り込む。周りで聞き耳を立てていた淑女たちは、潜めていないひそひそ声で囁きを交わし始めた。

「まぁ、婚約者を乗り換えたの？　なんて節操がないんでしょ」

「あら、もしかしたら婚約を破棄されたのではなくて？　あんな格好だもの」

「そう、そう、私聞きましたの。フェルローレン男爵家の継子虐めの噂」

予想外の単語にイザベラが目を見開くと、聞いたという賛同の声が複数。継子虐めの噂があると聞いてはいたが、まさか広がっているとは思わなかった。

「まぁ、どうしてそんな相手をフリートヘルムさまは――」

「きっとご存じないのよ。婚約者のこともご存じない可能性もあるわ」

「つまり、騙されてるってこと？　なんて性根の卑しい人かしら」

「そんなことだから、きっと婚約破棄されたんでしょう」

「虐められる男爵家の継子も可哀想に。ヘングスター男爵子息もお気の毒」

好き勝手な邪推に、イザベラは堪らず言い返そうと振り返る。ドレスが用意できなかったのは事実だが、継子虐めは濡れ衣で、婚約破棄はドーンに責任があり、言いがかりも甚だしい。言い返そうと口を開いた途端、寄り集まっていた淑女たちは一様に肩を跳ね上げる。

睨む勢いで振り返ったイザベラに、目の合った淑女は怯えた表情で慌てて去り始めた。

滑るような素早さは、舞踏のために培った足捌きの賜物か。

「あ、ちょっと……」

　イザベラの怒気に恐れをなし、何を言い返す前に逃げ去ってしまった。肩透かしを食らったが、気を抜く間もなく言葉も不明瞭な距離で悪意のある噂話が交わされている気配を察する。嫌な空気感は肌で感じられた。不特定多数から勝手に監視されているような居心地の悪さが、イザベラにはやはり好きになれない。

　振り返るフリッツは未だに淑女の囲いの向こう。

「……フリッツなら……」

　理解してくれるのにという泣き言を、イザベラは飲み込んだ。何も間違ったことはしていないという確信はあるが、噂を聞き流して胸を張ることのできない自身の意気地のなさが歯痒い。紳士然としたフリッツの隣に並ぶには、みすぼらしいことはわかっている。イザベラは一度首を横に振ると、胸につかえた苛立ちのままに歩き出した。

　行く先は大広間に面した城の庭園。

「あたしと一緒にいるからって、フリッツまで悪く言われたら嫌だわ」

　イザベラは好奇の視線を振り切るように、冷えた夜気の中へと踏み出した。


　月明かりに照らされた庭園は、湖から吹く風に庭木がざわめく。風に乗って夏の花は香り、丁寧に刈り込まれた木々は、左右対称の美しい庭を彩っていた。

　初夏とは言え、夜風は肌寒い。肩を震わせたイザベラは、庭園を散策するらしい恋人たちを避け、影の深い壁沿いを歩いた。

「あ、こっちにも。どうして外に人が多いのかしら？」

人目を避けて庭園の端に足を延ばすと、早咲きの薔薇の下に男女が向かい合って立っている。

城の外壁を背に、イザベラは月明かりを浴びる男女を見て、前栽の陰にしゃがみ込んだ。枝を掻き分け、見つめ合う男女を確かめれば、リーテとエリックが手を取り合っている。

「そうか……。リーテたちを追って野次馬が庭園に出てたのね」

偶然リーテとエリックの密会に行き合ったのは幸運だが、身を潜められる場所が目の前の前栽以外になく、二人の会話は聞き取れない。

月明かりの中動く唇に視線を注ぎ、耳に神経を集中して、イザベラは息を詰めた。

「……おい、そこで何をしているんだ、イザベラ」

「…………っ！」

突然の呼びかけに肩を跳ね上げたイザベラは、息を詰めた。慌てて左右に首を振るが、人影はない。聞き間違いにしてははっきりと呼ばれた声を思い出し、覚えがあることに気づく。

「くく……っ、毛を逆立てた猫のようだな。こっちだ、上を見ろ」

背後から聞こえる声を辿って顎を上げれば、城の壁の高い位置に窓が開いている。石積みの枠に頬杖を突いて見下ろしているのは、意地悪く口の端を上げたクラウスだった。

「クラウス……。驚かさないでよ。何？　今忙しいから後にしてくれない」

リーテとエリックに気づかれていないかを確認して、イザベラは声を潜め早口に言い募る。

顎を支える手と顔しか見えないクラウスは、第二王子に一瞥をくれて呆れた声を向けた。

「他人の色恋に首を突っ込んでいる場合か。――噂になっているぞ。お前は継子虐めをして、婚約を破棄されたそうだな」

「はぁ……っ？　そんなわけないでしょ。とんだ思い違いよ」

叫びそうになる声を押し込め、イザベラは拳を握ってクラウスを睨み上げた。月明かりで陰影の濃くなったクラウスは、面白がる様子で顎を振り先を促す。

「婚約破棄は本当だけど継子虐めに関係ないし、継子虐め自体が勘違いなのよ。あたしが、ちょっと怒りっぽいから……、勘違いされただけで。虐めだなんて」

誤解だと説明する間、クラウスは口を挟まず聞いてくれる。

「すごく綺麗でずっと大事に育てられたお嬢さまなのに、変わった趣味のある義妹だからつい力を入れすぎて怒鳴ったりしてたら、そんな噂になっちゃってて。まさかこんな所にまで広まってるなんて思わないじゃない」

噂を広げるだけ広げて、真偽も確かめずに逃げた淑女たちを思い出し、イザベラは息を吐く。

言葉が途切れたことを確認して、クラウスは口を開いた。

「甘い菓子ばかり食べていると、甘いという感覚が麻痺する。たまには辛い物も食べたくなるが、舌を苛むほどの辛味はいらない。――それと同じだ。自分には害がなく、自らを上に置ける他人の不幸。男爵家での継子虐めは、真偽に関係なく恰好の餌食だっただけだろう」

「まぁ、噂話なんてそんなもんでしょうけど……。誰もリーテに会ったことないのに可哀想とか失礼じゃない」

もう一度息を吐いたイザベラは、何処か胸が軽くなっている気がした。逃げた淑女たちに言えなかった言葉を吐き出せたのが、良かったのかもしれない。

愚痴につき合ってくれた礼を言うためクラウスを見ると、意味ありげに白い布を持っていた。

「なんだその顔は。もう忘れたのか？　お前のハンカチだ。次に会ったら返すと言っただろう」

「あぁ、別に良かったのに。それより、怪我は大丈夫なの？」

「もう塞がった。イザベラ、こっちに取りに来い。——大広間に戻ってすぐ左の、カーテンのかかった壁の中に扉がある。番の者に俺に呼ばれたと言えば……」

「わざわざ戻るなんて、面倒くさい。それに言ったでしょ。あたし今忙しいの。ほら、そこから投げてよ。受け取るから」

手を伸ばしてみせるイザベラに、クラウスは呆れた様子で眉を上げた。

「本当に淑女の自覚があるのか、お前は。だいたい、湖畔で鋏を入れていたドレスはどうした？　似合わぬ上に型も古かったが、その服よりましだろう」

相変わらず失礼な物言いに、イザベラは半眼でクラウスを見上げた。

「うるさいわね。あれはもともと、あたしのドレスじゃないの。いいわよ、ハンカチくらい返さなくても。もう静かにしてて」

「お前のイニシャルが入ったハンカチを、俺に持っておけと言うのか？」

姉妹三人の持ち物が見分けられるよう、ハンカチにはイザベラの頭文字が刺繍されている。

明らかに他人のハンカチでは使い勝手は悪いだろう。

「捨てていいわよ。あげるから、好きに使って」

おざなりに手を振ったイザベラに、クラウスは不服そうに目を眇めた。

「まさか、イザベラ。お前も第二王子の妃の座を狙っているのか？　さすがにその服装で謎の美姫に挑むのは無謀にもほどがあるぞ」

「本当にひと言多いわね、クラウス。別にあたしが妃になれるなんて思ってないわよ。あたしはただ、あの子が心配なだけなの……っ」

ひどい邪推に言い返せば、途端にクラウスの目の色が変わった。

「イザベラ、あの謎の美姫を知っているのか？」

「あ……。知ってるって言うか、その…………」

イザベラは答えを迷った。フリッツは上流貴族に身元が割れれば、義父に圧力がかかるだろうと言っている。上流貴族のクラウスにリーテが義妹だと告げていいものか。

適当に誤魔化そうかと視線を上げると、クラウスは思案顔をやめ、口の端を上げて、からかうような声音を向けてきた。

「なんだ、謎の美姫と第二王子の逢瀬を覗き見る、ただの野次馬か。心配などと言っておいて、たんに噂の種を探っているだけだろう」

嘲笑うように鼻を鳴らされ、イザベラはあまりの侮辱に戦慄いた。

「違うわよ……っ。あたしはリーテの――」

言いかけて、イザベラは口を引き結ぶ。そろりと目だけを上げて窺えば、クラウスは吟味するように沈黙し、眉間に力を込めていた。

「……リーテというのは、義妹のことだな。だがそうなると………。さすがに無理があるだろう。嘘を吐くなら少しは現実味のある内容にすべきだ。お前とでは雪と墨ほどに似ていない」

「うるさいわね。血は繋がってないんだからいいでしょ。雪と墨だなんてわかってるわよ。湖畔で作ってたのも、あの子のドレスよ。あんな可愛い柄、あたしに似合うわけないじゃない」

クラウスの不躾さに、イザベラは勢いで言い返した。

ふと、クラウスはリーテと顔を合わせていないことに気づく。謎の美姫という言葉を使っていないだけで、イザベラはクラウスの疑問を肯定する答えを返してしまっていた。

「謎の美姫が、イザベラの義妹……。そうか、人前に出ないという噂が本当なら、誰もあの謎の美姫を知らないのも納得がいく」

今さら後悔しても遅いが、イザベラは無闇に喋らないよう、自らの手で口に蓋をした。

「イザベラ、何故あの義妹は第二王子の前から逃げた？」

見下ろしてくるクラウスは、他人に命じ慣れた居丈高さがある。言い換えれば、抗ってはいけないと思わせる、威厳があった。

「……そんなの、あたしだって知りたいわよ」

そのために来たくもない舞踏会へ参加し、庭園の前栽の陰に隠れているのだ。

「継子虐めはないのだろう？　姉妹仲が悪くないなら、聞いているだろう」

クラウスの言い返したくなる言葉選びに、イザベラは口を押さえた手に力を込めて抵抗する。

無言で睨み合う静寂の中、近づく足音が聞こえた。

クラウスも気づいたらしく、耳を傾ける様子をみせる。苛立ちを浮かべて細められる碧眼とは対照的に、クラウスはすぐにその場を去るべく動き出した。

「ハンカチは、またの機会にしておこう。――イザベラ、覗き見もほどほどにしておけ。この庭園は湖から吹き上がる風で夜は冷える」

「え、クラウス？　ちょっと、このことは秘密に……行っちゃった」

窓から離れたクラウスが何処へ消えたのか、イザベラに知るすべはない。

誰もいなくなった窓辺を見上げ、イザベラはまた一人になったことを実感した。会話することで紛れていた夜風の冷たさを思い出し、身を震わせる。

微かな衣擦れの音に、辺りを彷徨うようだった足音が、イザベラの潜む前栽に近づいてきた。

大広間からの明かりも届かない庭園の端に、いったい誰が来るのか。

イザベラが月明かりを頼りに足音の方向を見つめていると、三角に切りそろえられた庭木を回って、フリッツが姿を現した。

「ベラ、こんな所にいたのか。捜したよ」

安堵の笑みを浮かべるフリッツは、しゃがみ込んだイザベラに眉を寄せた。

「そんな所に座り込んで、どうしたんだ？　まさか体調でも――」

「しぃ……っ。ちょっと、こっち来て座って」

口に指を立てたイザベラは、慌ててフリッツを手招きリーテとエリックの密会を指し示した。

「あぁ、大広間にいないと思ったら。こんな庭園の端にいたのか……」

苦笑するフリッツは、イザベラのすぐ隣に腰を下ろした。リーテとエリックを見るフリッツの横顔は触れられるくらいに近い。

凛々しく紳士然としたフリッツを、年頃の女性陣が放っておかないのは当たり前だ。妃探しをしているはずの第二王子が、すでにリーテしか眼中にないのなら、少しでもフリッツのような貴公子の目に留まろうとするのもわかる。

「……フリッツ、いいの？　踊ってほしいって人、いたんじゃない？」

舞踏会を抜け出していいのかと問うイザベラに、フリッツは迷うことなく首を横に振った。

「俺の相手はベラだけだよ。一緒に舞踏会に参加したのはベラなんだから。あぁ、でもごめん。ベラを一人にさせてしまった。もう少し早く、あの包囲を抜けられていれば……」

包囲という表現に、イザベラは笑いを漏らす。茶色い瞳を緩ませて微笑むフリッツの表情を見て、淑女の囲いの中で浮かべていた綺麗な笑顔を思い出した。

そうしてドレスを見下ろし、隣に立つには見劣りする姿に苦笑を噛む。

「しょうがないわ。こんな格好じゃ、フリッツに釣り合わないし。あたしこそごめんね。もう少し、恥ずかしくないくらいには着飾ってくれば良かった」

自嘲したイザベラは、不意に初めて舞踏会へ参加した夜を思い出した。元婚約者は、半日かけて用意したドレスにも化粧にも、もっとましにできなかったのかと文句しか言わなかった。文句しか言われないならなんでもいい。そう思ってしまっていた。

イザベラは遅ればせながら、同伴を了承してくれたフリッツに申し訳なさを覚える。ヴィヴィに苦言を呈されるのも当たり前だと、フリッツへの思いやりのなさを反省した。

「ベラ、そんなに摑むと皺になる」

言って、フリッツはいつの間にかスカートを握り締めていたイザベラの手を優しく取った。

「……ベラにしては元気がないな。もしかして継子虐めの噂、聞いたのか？」

思わぬフリッツの問いに、イザベラは視線を逸らし答えに窮した。何も言わずとも、行動が肯定を示している。

「ベラが落ち込んでるのは、それが理由か……」

「え、あたし落ち込んでるように見える？　そんなに顔に出てるの？」

　驚いてフリッツを見れば、柔らかな微笑みを返された。

「別に悪いことじゃない。素直な感情表現はベラらしい。笑う時も怒る時も、心の底から包み隠さずに。いつでも一生懸命で、嘘がないのは見ていてわかる」

　フリッツならわかってくれる。別の言い方をすれば、フリッツしかわかってくれない。他人は無責任な噂を広めていく。素直さも自分らしさも、イザベラの助けにはなっていなかった。

「でも、継子虐めをしてるって、言われるのよ。お義父さまにも迷惑かけるわ」

　思わず漏れた弱音に、イザベラは唇を噛んだ。もっと上手く立ち回っていれば。埒もない思考を払うため、イザベラは一度頭を振った。

「ごめんね。あたしと踊ったせいで、フリッツも何か言われたんでしょ？」

　肯定も否定もせず、フリッツはイザベラを見つめて目を細めた。

「やっぱり、君は昔から優しい。直接話せば、誰でもわかることなのにな」

「そんなことないったら。それに、優しいのはフリッツじゃない。いきなり囲まれても笑ってたし。あたしなんて誰かと気安く話すこともできなかったのよ」

　会話もなかったのだから、わかってもらうこともできていない。フリッツの言う通り、直接話して誤解を解くべきだったかもしれない。けれどイザベラにはそこまでの社交性はなかった。

　己の不甲斐なさに息を吐くイザベラに、フリッツは思案する様子で口を開く。

「ベラは、そのままでいいよ。今夜はアシュトリーテを心配して来たんだろ。だったら、目的に注力するのは当たり前だ。自分を後回しにして一生懸命になれるのがベラの長所じゃないか」

思わぬ肯定の言葉にイザベラは目を瞠った。フリッツは気恥ずかしそうな様子で目を伏せる。

「それに、実を言うと俺も舞踏会は得意じゃないんだ」

フリッツは自嘲気味に肩を竦めてみせた。

「派手に着飾った女性は、得意じゃない。──覚えている？　父の後妻は、とても派手好きだと言ったのを。どうしても身を飾りすぎる女性を見ると、後妻を思い出してしまって、落ち着かない。子供っぽいだろ……？」

昔受けた仕打ちが尾を引いているのだ。励ましを思いつけないイザベラは、ただフリッツの手を握り返し、首を横に振った。舞踏会が苦手で落ち着かないのは、イザベラも同じだ。

見つめ合うフリッツは笑みを深める。

落ちる沈黙に妙な緊張感が漂い、イザベラの掌には汗が浮かんだ。フリッツから手を引こうとするが、引き留めるように指先に力が込められた。

フリッツはイザベラの指先だけを優しく摑むと、片膝を立てて体ごとイザベラに向き直る。

「これは、同伴を引き受けた時に言っておくべきだったかな……」

悪戯に笑ったフリッツは、物語の騎士のようにイザベラに跪く格好だ。状況がわからず瞬くイザベラに、フリッツは一度笑みを向けると、顔を伏せた。

イザベラの手の甲に、熱く柔らかな感触が降る。

一瞬で去ったフリッツの唇は、低い囁きを零した。

「俺が、ベラといたかったんだ。今も昔も変わらず、飾らないベラの側にいると、安心できる。ずっと……隣にいてほしかった」

懇願するような声音が鼓膜を揺らし、イザベラは背筋を上る落ち着かなさに息を飲んだ。フリッツは顔を上げると、真っ直ぐにイザベラを見上げて不敵に微笑んだ。

「ベラ……、今夜君の隣を独占する栄誉を、俺にくれないか？」

舞踏会への同伴を求める言葉に、イザベラは詰めていた息を吐く。次いで、フリッツの芝居がかったやり方に、可笑しさを覚えた。

見た目も所作も、フリッツは文句なしに舞台上の騎士のようで、そのはまり具合が草陰に潜む現状にそぐわず、喜劇的に思える。あの手この手で気を紛らわそうとしてくれるフリッツの優しさに、イザベラは堪らず笑いを漏らした。

「こんな覗き見の最中に、格好がつかないわよ、フリッツ。それに、あたしの隣なんてフリッツ以外いないじゃない」

栄誉にもならないと笑うイザベラは、切り替えるように頷く。フリッツもリーテのために来たのだろうと言っていた。重要な目的を疎かにしてまで噂を相手にしている暇はない。

面白半分で囁かれる噂なら、飽きれば消えていくだろう。そんな曖昧なものより、今はリーテとエリックの行方のほうが重大事だった。

愚痴を吐いて気分が上昇したイザベラは、フリッツの慰めに礼を言おうと首を巡らせる。目を向けたフリッツは、片手で口元を隠すように横を向いていた。

「どうしたの、フリッツ？」

「いや……。ベラ、俺以外にいないって言うのは――」

フリッツが窺うように声を潜めた途端、前栽の向こうから詰問するような声音が聞こえた。

「ちょっと、待ってフリッツ……」

フリッツを制し握られていた手を取り戻したイザベラは、慌てて木の枝を掻き分けリーテとエリックを覗った。

抱き寄せようとしたエリックを、リーテは振り払い身を返し薔薇の下から走り出す。

「あ……！　やっぱり逃げたわ。リーテったら！」

イザベラが声を上げるよりも早く、王子はリーテを追い始めた。それでも嵩張るドレスの裾を掴み上げて走るリーテの足のほうが速い。

「何やってるんだ。ちゃんと捕まえておけ……っ」

前栽の陰から立ち上がったフリッツは、引き離される王子の背に舌打ちをした。その隣で、イザベラもドレスの裾を持ち上げ走り出す。

「追いましょ、フリッツ。見失わない内に！」

イザベラとフリッツは、湖を右手に夜の庭園を駆けだした。

「フリッツ、お城の庭はどんな造りか知ってる？」

「城が高台の一番上にあって、庭園は三層の階段状に連なってる。城内を通る以外で庭園から外に出るには、庭園を繋ぐ三つの階段のどれかを降りなきゃいけない」

イザベラの隣に並んだフリッツは、行く先が城に一番近い階段であることを教える。

階段に向かい走る王子を確かめ、イザベラは右手の木々に仕切られた庭園へと方向を変えた。

「ベラ、何処に行くんだ？　王子は向こうに……」

「リーテは真っ直ぐ逃げないのよ。途中で身を隠すか行き先を暗ませて、安全だと思う場所に向かって逃げるの」

本邸でも別荘でも、日々リーテを追いかけ回していたイザベラは、経験から身を隠しやすそうな庭園へと行く先を変えた。

高い植木が壁のように連なる庭園の中は、見通しの悪い迷路になっている。

「フリッツ、こっちに下へ降りる階段はある？」

「この迷路はそんなに大きなものじゃない。抜けた先を右手に進めば、庭園中央の階段がある」

先導するように前を行くフリッツは、勝手知ったる様子で迷路を進んだ。

「もし本当にアシュトリーテが王子を撒いてこっちに来ていたら、三度目の失敗になるな」

苦笑交じりのフリッツに、イザベラはその通りだと意気を上げた。

「あのお馬鹿。今夜が最後だって言うのに、どうしていきなり逃げ出すのよ。まだ十二時の鐘は鳴ってないでしょ。今日を逃したら次はないのに……っ」

結婚を急かされる第二王子が、一年後の社交期にまだ独身である可能性は低い。両想いであるなら、リーテがエリックから逃げ出す理由はないはずだ。

焦る心中を持て余しながら、フリッツの背を追って木々の迷路を抜けると、行く手にドレスの衣擦れらしい音を聞いた。

「当たりみたいだな。ん……？　ベラ、一旦止まってくれ」

先を走っていたフリッツは、腕を横に広げて止まるよう促す。足を止めると肩を抱かれ、イザベラは茂みに隠れるよう誘導された。

葉の間から月明かりに目を凝らせば、階段の手摺りらしい石造りの人工物が見える。衣擦れの音は、階段前から。リーテともう一人誰かが、抱き合うような形で動いていた。

「え……、王子さま？　まさか向こうの階段から降りて、上って来たの？」

「いや、ベラ。王子にしては体つきが太い気がする。それに、髪の色も黒っぽい」

すらりとした高身長のエリックに比べて、リーテを抱く人影は骨太な様子。髪も月明かりに透ける金髪には見えなかった。

イザベラは見極めようと凝視するが、月光が影を濃くし判別を難しくする。

ただ、抱き合う二人の姿をよく見れば、逃げようともがくリーテを、何者かが抱え込んで捕らえているようだった。

不意に、湖からの強い風が庭園を吹き抜けた。

「……いや……っ！」

風下にいたイザベラは、風に乗って届く微かな声音に息を飲む。嫌悪の滲んだリーテの声に、考えるよりも先に体が動いた。

迷わず揉み合う二人へ駆け寄ると、イザベラは叱声を放つ。

「こら、うちの妹に何してるの！　嫌がってるでしょ、その手を放しなさい！」

イザベラの怒声に、リーテを抱き込んだ相手は、迷惑そうな顔で振り返った。

かっちりとまとめた茶色の髪に、男らしく骨の張った美男顔。月光の陰になってわからないが、昼間なら瞳の緑色が見えただろう。久しぶりに見る顔に、イザベラは眩暈を覚えた。

「あなた……、何やってるのよ、ドーン……！」

顔も見たくなかった元婚約者は、まるで呆れるように息を吐いた。ドーンは悪びれた様子もないどころか、堂々と顎を上げ、責めるような視線さえ向ける。

「また君か、イザベラ。僕たちの邪魔をするのはやめてくれないか。いい加減、君の嫉妬深さには飽き飽きするよ」

緩く首を振るドーンの頭の痛くなる言動に、イザベラは頬を攣らせる。

「しっ、嫉妬？　またそんな世迷言を……。いい加減にしてほしいのはこっちだわ！」

眦を吊り上げて怒るイザベラにも、ドーンは仕方ない奴だとでも言うように肩を竦めた。

「確かに僕は君の婚約者だった。だが、僕は真実の愛を知ってしまったんだ。君がどれだけ僕に愛を注ごうと、それは僕にとって本物ではない。残念だが、諦めてくれ」

酔ったような台詞を滔々と語りつつも、逃すまいと抱き締めたリーテを放す気配はない。

相変わらず話の通じないドーンに、イザベラは苛立ちに身を震わせた。フリッツは背後から声を潜め、控えめに説明を求める。

「ベラ、ドーンってまさか……？」

「そうよ、元婚約者のドーン。一年前に婚約して、すぐにリーテに心変わりしたの。ヘングスター男爵も息子はおかしいって、婚約破棄を受け入れたくらい、ぶっ飛んだ奴なのよ」

姉と婚約していたのに、妹に心変わりしたなど、どちらの男爵家にとっても体裁の悪い話だ。事実を吹聴することなく、互いに家のつき合いを絶ち平穏を手に入れたはずが、婚約破棄後もドーンはリーテを諦めていなかったらしい。

睨むイザベラには目もくれず、ドーンは抵抗を続けるリーテに愛を囁いた。

「待たせてすまない。王子なんかに摑まって、今日まで僕に会えなかったんだろう？　でも、こうして走ってきてくれるなんて何よりの愛の証だ。ふふ……」

ドーンの言葉に、聞いているイザベラは鳥肌を立てる。耳元で聞かされるリーテは、総毛立った様子で抵抗を強めた。

「いや……っ、放して！　やめて………！」

逃げ出そうと腕を振るリーテだが、男であるドーンの力に敵うわけもない。

陶酔した様子で目を細めるドーンに我慢ならず、イザベラは一番嫌がる言葉を口にした。

「リーテ放さないなら、またヘングスター男爵に言いつけるわよ、ドーン！」

親の名前に、リーテのドレス姿でにやけていたドーンもようやく狼狽えた。

「親は関係ないだろう。こうして僕が待つ庭園までアシュトリーテも会いに来てくれたじゃないか。僕たちの思いは通じ合ってる。誰も僕たちの真実の愛を引き裂けるわけがないんだ！」

興奮して声を大きくするドーンに、負けじとリーテも拒絶を叫んだ。

「嫌……、わたし好きでこんな格好してるわけじゃないの！　放して、痛いの！」

リーテの声には心中の切迫が表れている。どれだけ強い力で摑まれているのか、イザベラも不安になって声を荒げた。

「ほら、リーテも嫌がってるでしょ！　全部あんたの妄想よ。いい加減、放しなさいよドーン！」

指弾すれば、夜に沈んだ緑色の瞳でドーンはイザベラを睨みつけた。

「これは言わされているんだ……っ。何を気兼ねする必要があるんだい？　親の反対なんて気にしなくていい。どうせ先に死んでいく奴らだ。さぁ、心にもないことを言わないで」

猫撫で声でリーテを説得しようとするドーンの、婚約破棄時から変わらない狂態。

ドーンを力尽くで引き剝がそうと思案するイザベラを、フリッツは静かに押し留める。

「これ以上興奮させると、君に危害を加える可能性がある。ちょっと俺に任せてくれないか？」

肩を優しく叩いたフリッツは、一歩前に出てドーンと相対した。

「さて、ヘングスター男爵家のドミニク。よく事情はわからないが、そんな俺から見た率直な感想を聞いてもらえるかな？」

フリッツは気さくな様子ながら、背筋を伸ばし堂々とした姿勢で声をかける。問いかけの形をとっているが、答えも聞かず言葉を継いだ。

「どう見てもこれは、婦女暴行の現場なんだが。異論は？」

「何を……っ。僕たちの愛の邂逅を汚すな。なんなんだ君は？」

「ふむ、それは失礼。だとすれば、アシュトリーテを引き留める必要なんてないだろう。まして、婦女子にそんな強い力をかけては、愛とやらを汚す行いになるんじゃないのか？」

ドーンの妄言を受け入れるような言葉を口にしつつ、フリッツは言葉と共に一歩ずつ距離を詰める。警戒を強めるドーンの視線は、フリッツに固定された。

「知ったようなことを言って……っ。お前も僕たちの仲を引き裂くつもりか。僕とアシュトリーテは思い合っているんだ。横恋慕なんてはしたないぞ！」

鼻先に指を突きつけられたフリッツは、茶色い瞳を細めて声を低めた。

「はしたない……。婦女子を力尽くで押さえつけて泣かせる奴はなんと言うんだ？　紳士の風上にも置けない恥知らずじゃないのか？」

挑発的な言葉を向けるフリッツを、ドーンは怒りを湛えた目で睨みつけた。一触即発の張りつめた空気に、イザベラはフリッツを案じてその背を見つめる。

不意に、フリッツが背中に隠した手で指示を出した。横に振られる指先の意図に気づき、イザベラは素早く視線を走らせる。

憤激するドーンは、フリッツしか見ていない。イザベラは息を詰めて一気に動いた。

緩んだドーンの手を引き剝がし、リーテの腕を引く。リーテも抗い、ドーンの拘束から抜け出すと、イザベラの胸へと飛び込んできた。

「あ……っ、アシュトリーテ！　イザベラ、なんて乱暴なことを！」

腕を伸ばすドーンの前に、フリッツは足を踏み出し牽制する。イザベラもリーテを背後に庇い込んでドーンを睨みつけた。

「ドーン、二度と近寄らないでって言ったでしょ！」

怒鳴るイザベラに歯嚙みしたドーンは、ふと気づいた様子で息を吐いた。ひと筋額に落ちた髪を撫でつけると、首を横に振る。

「あぁ、そうか。僕としたことが気遣いが足りなかったね、アシュトリーテ。奥ゆかしい君が元婚約者の義姉の前で素直になんてなれるわけがないんだ。僕と君の愛を見せつけては、イザベラが惨めになるだけ……。ふふ、今度は二人だけで密やかな逢瀬をしようじゃないか」

イザベラの肩越しに、ドーンはリーテへと片目を瞑ってみせる。悪びれもせず、颯爽と去っていくドーンを引き留める者はいない。

ドーンの姿が完全に消えるのを待って、イザベラはリーテを振り返った。

「リーテ！　このお馬鹿。どうしていきなり逃げ出すのよ。王子さまから逃げ出さなきゃ、ドーンに捕まることもなかったのに！」

ドーンと顔を合わせてしまった苛立ちから、イザベラの声音には険が宿る。不服気に唇を尖らせたリーテに、イザベラはさらに叱責を向けた。

「王子さまはリーテを選んだのよ。だったら自分でちゃんと名乗って、好意に応えなきゃ。今夜が舞踏会最後だっていうのに、わかってるの？」

階段脇で向かい合ったイザベラは、乱れたリーテの髪を耳にかけてやる。遺品の首飾りもずれてしまっているのに気づき、甲斐甲斐しく身嗜みを整えるが、口からは説教が続いていた。

「リーテ、謎の美姫って呼ばれてるのよ。美姫よ、美しいってみんな認めてるのよ。これだけの美貌に揺らがない男なんていないんだから、逃げる必要なんてないのに……っ」

普段からは想像もできないほどの淑女に仕立てたリーテが、美姫と呼ばれるのはイザベラとしても鼻が高い。努力が結実したと思ったのに、当のリーテが逃げ出しては意味がなかった。

「あんたは基本的に素直で家事も良くこなすんだから、何処でも上手くやれるわ。身嗜みさえ自分で気遣えるようになれば、家を出たってちゃんと一人でやっていけるはずよ」

ドーンに抱きつかれ、歪んでしまった薔薇を模した布飾りを直そうとしていたイザベラは、突然リーテに払い除けられた。

「……わたし、家にいちゃいけないの……？」

目を瞠ったイザベラに一瞥もくれず、リーテは裾を持ち上げると踵を返して走り出す。向かう先には庭園の縁を囲う石の手摺り。駆け寄ったリーテは、迷うことなく白い裾を蹴立てて手摺りを越え、庭園から飛び降りた。

「……っ、リーテ！　リーテ……！」

全身の血が引いていく。叫びながらイザベラは足を踏み出した。泳ぐように腕を搔いて、リーテが越えた手摺りに縋りつく。

手摺りの向こうは、下の庭園へと向けて降る芝生の急な斜面だった。月光で陰になった斜面の中、白いドレスが風を孕み、リーテは器用に立った状態で芝生の斜面を滑り降りていく。

飛び跳ねるようにたたらを踏んだものの、リーテは転ぶことなく下の庭園へと着地した。走り出す背中を確かめ、イザベラは手摺りに縋り膝を突く。

「し……心臓に悪いわ。……良かったぁ」

耳元で鳴り響く脈の音に、眩暈がする。震える息を吐いたイザベラの肩を、フリッツは落ち着けるように叩いた。

「歩けるか、ベラ？　アシュトリーテを追うんだろ？」

頷けば、フリッツはイザベラの手を取り立たせる。イザベラは上手く足に力が入らず、たたらを踏んで目の前の胸に手を突いた。小揺るぎもしないフリッツに息を飲む。

「あ、はは、膝が震えてるの……。ヴィヴィがいたら指差して笑われるわね。……帰ったら、リーテに危ないことしないように言わなくちゃ」

荒ぶる心臓を押さえ、イザベラはフリッツから離れて階段に向かった。

「ベラ、待ってくれ。階段は俺が先に——」

フリッツが差し出す手も見ず、イザベラは己を奮い立たせるように長い裾を持ち上げる。

「大丈夫、階段くらい一人で降りられるわ。ありがとう、フリッツ」

踵を鳴らし階段を降り始めると、風に乗って鼻へと刺激臭が届いた。

訝りながらも急ぐ思いで足を踏み出すが、イザベラは嫌な予感がして次の一歩を躊躇う。先に出した足の裏に、石段ではない感触があった。

イザベラが長い裾を避けて足元を確かめると、鼻の奥を刺す臭いに眉を顰める。下ろした片足を引こうとしたが、べたつく感触と共に靴の裏が階段から全く離れなくなっていた。

「え……、何よこれ？　嘘、取れない………」

「ベラ、どうしたんだ？　……なんだ、何か階段に塗ってある？」

イザベラの肩越しに覗き込んだフリッツは、月光に黒光りする石段に眉を顰める。黒いのは五段ほどで、他の段は白く夜に浮かんでいた。

「く……っ、動かないぃ！　どうなってるのよ？」

靴が壊れるというほどイザベラが力を込めても、足は階段にくっついて動かせない。詰めていた息を吐き出し呼吸すると、鼻孔を突く臭気に覚えがあった。

「……この臭い、もしかしてタール？　なんで防腐剤が階段に塗ってあるのよ。いったい誰の悪戯？　タールってのは壁や屋根に塗るものでしょ」

イザベラの隣で腰をかがめたフリッツは、不意に耳を澄ませた。

「剣帯の金具の音がする……。近くに衛兵が来てるみたいだ。ベラ、ちょっと引っ張るよ」

言って、フリッツはイザベラの足に手をかけ、直視しないよう顔を背けた。普段隠れた足首は、下着に近い存在。裾を持ち上げて走るなど淑女としては言語道断、破廉恥な所業だった。

あられもない格好であることを自覚したイザベラは、心持ち掴み上げていた裾を下ろす。

フリッツは土踏まずの隙間に手を入れて強く引く。イザベラも力がかかっているのは感じられるが、靴底がタールから離れる気配はない。

「これは、力尽くだと無理だな。火か油でタールを溶かさなきゃ」

「そんな……。一昨日、リーテが汚したのを一生懸命洗って綺麗にしたのに」

気に入っているのにとイザベラが嘆いた途端、下の庭園から衛兵の具足の音が聞こえてきた。

「大変……っ。見つかっちゃう。こんな格好、間抜けすぎじゃない」

何より、リーテがイザベラの名前で入城しているのだ。衛兵に根掘り葉掘り探られては、入れ替わりがばれてしまうかもしれない。

靴底は体重を受けてぴったりとタールに貼りついてしまっていた。イザベラが抜け出そうと頑張る間に、衛兵は声まで聞こえるほど近づいている。

　髪を掻き回したフリッツは、イザベラに身を寄せた。

「……しょうがない。こうなったら、一度俺たちも逃げよう」

「え……？　フリッツ、どうやって――」

　言うや、フリッツはイザベラの膝の裏に腕を通し、ひと息に抱え上げる。片足は靴が脱げ、タールの中に置き去りになってしまった。

「ベラ、しっかり掴まってくれ」

「ちょ……っ、ちょっとフリッツ。危な………っ」

　不安定な体勢に、イザベラは驚きと恐怖でフリッツの首に縋った。気づけば踊るよりも近い距離と息遣いに、一瞬で胸は大きく高鳴り、頰は熱くなる。

　イザベラは置き去る靴を顧みる余裕もないまま、フリッツに抱かれ逃げ出すことになった。


　イザベラとフリッツが去った階段に、第二王子のエリックが衛兵に呼ばれ着いた時には、靴が一つ残されているだけだった。

「姫……、私は、あなたの答えを聞くまで諦めません！」

　決意するエリックの目の前には、硝子で装飾された靴が一つ、月明かりの中で煌めいていた。

四章　舞踏会は終わっても

窓辺から差し込む麗らかな日差しの中、イザベラは机に向かい羽根ペンを動かしていた。日記を書き終え紙面に終止符を打つと、嘆息を吐き出す。

「もう……っ。なんであそこで逃げるのよ、リーテ」

ペンを握り込んで憤っても、すでに舞踏会が終わって二日が経っている。

「いいのよ、王子さまとの結婚が嫌ならそれで。けど、理由言わないって何よ？　それに、どう見てもリーテ、まだ王子さまのこと好きじゃない……」

眉間に皺を寄せるイザベラは、日記を読み返して羽根ペンを置いた。

舞踏会最後の日の翌日、リーテは何ごともなかったように使用人の服を着て厨房にいた。けれど、その様子は普段通りにはほど遠く、掃除用のブラシを握ったまま宙を見ていたり、洗濯のために水を張った盥を覗き込んで動かなかったり。

イザベラもヴィヴィも逃げ出した理由を問い質したが、リーテは黙り込むだけだった。

「何も言ってくれないんじゃ、わからないじゃない……。お風呂言いつけても、文句も言わずにお風呂場行って呆けてるし。今日は豆剝き言いつけたけど、やっぱり何も手についてないし」

調子のおかしくなったリーテを元気づけようと、イザベラなりに手を尽くしたが、好きなことにも嫌いなことにも反応を示さなくなっている。

「何かリーテのやる気を出させること、ないかしら？　……逆に考えれば、舞踏会のために頑張ってはいたのよ。やる気さえ出れば、できる子なんだわ。――でも、もう王子さまと会う機会なんてないし。逃げた理由わからないんじゃ、王子さまに会わせるだけ無駄よね……」

庭園を逃げるリーテの追跡経路は合っていたのだ。邪魔さえ入らなければ、引き止め話を聞き、もう一度王子の前にリーテを押し出せたかもしれない。

「……やっぱり、ドーンさえいなければ！　邪魔なのはどっちよ、全く！」

一人拳を握り、やり場のない怒りにイザベラは身を震わせる。

「そりゃ舞踏会なんだから、ドーンがいてもおかしくないけど。でも、まさか自分から寄ってくるなんて思わないし。ヘングスター男爵も、ちゃんと見張っててくれれば……」

婚約破棄の際、息子の狂態に憔悴していた義父の旧友を思い出し、イザベラは息を飲んだ。

「しまった……。お義父さまにドーンがまだリーテを諦めてないって、伝えてないわ」

イザベラは慌てて日記を本棚に仕舞うと部屋を出る。

リーテの不調で心痛めているだろう義父に、さらなる問題を報せるのは気が引ける。イザベラは義父の私室を前にして、一度深呼吸をした。

声をかけると、中から聞こえる返事は何処か疲れているようにも聞こえる。

「失礼します、お義父さま。お話があるの。お時間宜しいかしら？」

私室に入ると、義父は手紙の整理をしていたらしく、書斎机で三つ折りの紙を広げていた。

「どうしたんだい、イザベラ？　リーテのことで、何かわかったのかな？」

「ごめんなさい。やっぱりリーテは王子さまから逃げ出した理由を言いたくないみたい。――お話ししたいのは、リーテのことだけど、舞踏会の夜のことなの」

広げていた手紙を仕舞った義父は、頷きながらイザベラに先を促した。逃げたリーテを追い、ドーンに再会したことを告げれば、義父は苦渋の表情を浮かべる。

「あぁ、イザベラ。可哀想に。ドミニクのことは、何も君に責任はないんだ。そんな悲しい顔をしないでおくれ。リーテも、そんなことがあったのか……」

書斎机に肘を突き、指を組んだ義父は悩ましげに唸る。

「お義父さま、ヘングスター男爵にドーンを窘めるようお手紙できないかしら？」

イザベラの進言に、義父は困ったような顔をして考え込むと、諦めるように嘆息した。

「イザベラ、実は私も言っていなかったことがあるんだ。こちらへ来てくれるかい」

立ち上がり手招く義父に応じて、イザベラは造りつけの飾り戸の前へ移動する。

低い身長を補うため踏み台に乗った義父は、普段使わないだろう飾り戸の上部を開けた。

中には、未開封らしいリボンのかかった大小さまざまな箱が積まれており、義父が伸び上がって引き出す紙の束は、封筒に入った手紙の数々だった。

「手紙に、贈り物？　お義父さま、これはいったい……」

義父は無言で封筒に書かれた宛名を見せる。リーテの名が書かれた封筒の裏には、送り主の名と家紋を象った封蠟が押されていた。

「リーテに……、ドーンから……？　え、まさかこれ全部っ？」

棚いっぱいに詰め込まれた贈り物と、手に余るほど重ねられた手紙にイザベラは目を剝いた。

「そうなんだ。実は、別荘に来てからずっと、ドミニクからリーテに手紙と贈り物が届けられていてね。これはほんの一部だよ。ほとんどは送り返しているんだが、毎日飽きもせず。私宛にリーテとの面会や結婚を要請する手紙もあった」

手紙を戻して飾り戸を閉めた義父は、疲れたように息を吐いて踏み台を降りる。

「舞踏会で彼に、ヘングスター男爵にお会いする機会があったから、それとなく聞いたんだが、どうもあちらはドミニクのこの行動に気づいていないようだった。向こうの奥方は婚約破棄のことをまだ腹に据えかねているようでね。彼と長く話すことはできなかったのだけれど……」

項垂れる義父を追い詰めているようで、イザベラは負担をかけさせまいと胸を張った。

「わかりました。ドーンも、招いてもいないのに別荘に入り込むなんて無礼な振る舞いはしないでしょうし、ヘングスター男爵の目を盗んでこんなことをしているのなら、リーテと直接会わない限り、舞踏会の時のような強行には出ないと、思います」

様子見をしようとイザベラが言えば、義父は何処か安堵したように息を吐いた。

「でも、このことはリーテに知らせておいたほうがいいと思うんです。昨日も今日も、ぼうっとしてることが多いから、ちゃんと言って気をつけさせなきゃ」

「あぁ、そうだね。……イザベラ、リーテに気を配っていてくれるかい？」

「えぇ、もちろん。大切な妹ですもの。ドーンへの注意喚起も、あたしがしておきます。……できれば、王子さまから逃げ出した理由も、少しずつ聞いてみようと思いますから」

「ありがとう、イザベラ。……すまないね。私がドミニクとの婚約話を持って来なければ――」

「いいんです。お義父さまは悪くないですよ。ドーンが不実なのがいけなかったんですから」

後悔を口にする義父を遮り、イザベラは自身に言い聞かせるように言い切った。

「ドーンからの手紙や贈り物も、ヘングスター男爵の目を盗める別荘だからできるんでしょうし。社交期が終わるまでリーテに近づけないようにすればいいんです」

希望的観測を口にして鼓舞するイザベラに、義父は頷いて微かな笑みを浮かべてくれた。

「それじゃ、あたしはリーテにこのこと話してきますね。お義父さま、失礼します」

努めて明るく声を出し、イザベラは義父の私室を後にした。廊下に出ると、口角は下がり目も据わる。リーテのいる厨房の外へ向かう足音も、苛立ちが表れ荒くなった。

「本当、ドーンさえいなければ……っ。人間、中身が大事よね」

リーテの心を摑んだ第二王子は、その点どうだったのだろう。思案しながら歩くイザベラは、リーテに豆剝きを言いつけた厨房の裏手へ進み、思わぬ人物の声が聞こえた。

「あら？　この声は、ヴィヴィ。リーテの様子見に来てくれたのかしら？」

足を緩めて耳を澄ませたイザベラは、ヴィヴィの声音が尖っていることに気づいた。

「ほんと、いつまで甘えてんの？　いい加減うざったいんだけど。リーテが失恋しようが行き遅れようがあたしはどうでもいいんだけどさ、家の空気悪くしないでくれない？」

怒鳴りこそしないが、苛立ちを内包したヴィヴィの声に、イザベラは思わず足を止める。返されるリーテの声音も、不機嫌さを隠そうともしていなかった。

「別に、わたしが頼んだわけじゃない。向こうが勝手にやって、勝手に気にしてるだけでしょ。わたしに言わないで。放っておいてって、言ってるんだし」

普段よりも小さい声量ながら、確かに言い返すリーテにヴィヴィは舌打ちを吐いた。

「それが甘えてるっての。やってもらって当たり前だとか、誰かがどうにかしてくれるから自分じゃ動く気ないっていう腹の内が見え見え。拗ねたふりして構ってほしいだけのくせに」

「わたしがそうしてほしいなんて、言ったことないよ。周りが勝手にするだけで、わたしがしてほしいこととは違うもの。嫌ならヴィクトリアは、わたしに近づかなければいいじゃない」

険悪になっていく言い合いに、イザベラは慌てて仲裁しようと目の前の角を曲がった。

胸の前で腕を組み、座ったリーテを睨み下ろすヴィヴィの背中は、怒りに満ちている。

ヴィヴィを見上げるリーテも、泣きそうに顔を顰めていながら青い瞳は乾いていた。

「誰のためにあれだけ大騒ぎしたと思ってんの。舞踏会の準備だってただじゃないっての。ほんとリーテ、自分勝手すぎ。そんなリーテの世話焼いて騒いでるベラも馬鹿だけどね」

「イザベラが好きでやってるだけで、わたしは関係ない。舞踏会に行かせるって言い始めたのもイザベラだし、王子さまと結婚しろって言ったのもイザベラ。どうしてわたしが怒られるの?」

ヴィヴィとリーテは姿をみせたイザベラに気づかず言い合いを続けた。

「はぁ? そういうこと言うわけ? 確かに世話焼きすぎてうるさいし、面倒くさいし。ベラの理想リーテに押しつけてる感じはあったけど——」

「そうでしょ。あれはイザベラの勝手な押しつけで、わたしのせいじゃない。いつも口うるさく命令してばかりで、結局イザベラ自身が何もしてないじゃない」

「だから……っ、そういうことじゃないって言ってんじゃん。あんたがまず——っ」

言いかけたヴィヴィは、リーテが背後を指差していることに気づき、イザベラを振り返った。

「……ベラ、いつからいたの?」

しまったと言わんばかりに目を眇めて問うヴィヴィに、イザベラは胃が縮むような痛みと不快感を味わう。口の中は乾き、舌は貼りついたように動かない。

「あぁ、もう。面倒くさいなぁ……。ベラ、今のは——」

赤毛を引っ張って言い訳を口にしようとしたヴィヴィに、イザベラは思わず足を一歩引いた。一度腰が引けると、勢いのまま背を向ける。

「あ……、ベラ！　待っ――」

何も聞きたくないという心のままに、イザベラは別荘の裏手から逃げ出した。

裏門から別荘の外へと飛び出したイザベラは、煉瓦の塀沿いに馬車道へと走り出る。

角を曲がり、別荘の塀を背につけ乱れる息を整えようとするが、胸を苛む苦しさは晴れない。

「…………あたしの、独りよがりだったってこと……？」

吐き出す言葉が舌に苦く広がる。

妹のためと言い訳をしても、当人にとって迷惑だったのなら、イザベラの頑張りなど意味をなさない。現にリーテは不満を口にし、ヴィヴィもその不満を否定することはなかった。

石がつかえたように重く苦しい胸を押さえたイザベラは、挫けた気持ちのままに座り込みそうだった。俯き、痛む鼻の奥に力を入れて耐えた時、不意に他人の足音が聞こえ顔を上げる。

「お尋ねしますが、イザベラさまでしょうか？　わたくし、フリートヘルムさまの使いの者でございます。こちらに、主よりの書簡をお持ちいたしました」

「フリッツからの……手紙？」

初めてのことに目を見開くイザベラへ、使いだと名乗った者はごく丁寧に手紙を渡すと、去り際の挨拶も腰低く去っていった。

封蠟に印は押されていないが、差出人にはフリッツと愛称が書かれている。

イザベラは会いたい気持ちを堪えるように目を閉じた。フリッツの優しさが、ひどく恋しい。

「……駄目よね。こんなことじゃ……」

自身に言い聞かせると、封蠟を割って手紙を取り出した。別荘の中に戻ってヴィヴィやリーテと顔を合わせるのは気詰まりで、そのままフリッツの手紙に目を通す。

時候の挨拶、イザベラの様子を案じる文面、リーテを気遣い、最後に謝罪があった。

「しばらく、来られない……」

家の事情で忙しくなると書かれた文章に、イザベラは体の底から力が抜ける感覚を味わう。

「うん……？　どうしてあたし、こんなにがっかりしてるのかしら……………？」

胸に湧く感情を持て余し、イザベラは手紙を握ったまま立ち尽くしていた。

翌日、イザベラは行く先も決めず外へ出た。別荘にいるリーテから逃げるように。

「あぁ、もう……。情けないなぁ」

イザベラの顔には、くまが浮いていた。昨日のことが頭から離れず寝つけなかったのだ。

「あたし、それだけ自分勝手だったって、ことよね……」

自分の言葉に、胸の辺りが苦いような、息詰まるような不安が広がる。

良かれと思っていた行動が迷惑だと捉えられるなら、自分は何をしていいのだろう。

「結局、リーテにドーンのこと言えなかったし。ヴィヴィと喧嘩してたみたいだけど、大丈夫かしら？　王子さまから逃げた理由もわからないし、今日も一日何もしないの？」

口から零れる不安は、どうしても妹関連になってしまう。

嘆息を吐いたイザベラが別荘を囲う煉瓦の塀から外に出ると、左手で誰かの服の裾が翻る。

仕立ての良い布の質感と、男物の靴らしき踵が、屋敷の裏門に至る小道へと消えた。

「もしかして、フリッツ……？　でも忙しいって手紙もらったし。まさかドーンが来たんじゃ！」

元婚約者の可能性に気づき、イザベラは総毛立って煉瓦塀の角に消えた人影を追った。

塀に沿って真っ直ぐな道だが、右手から迫る手入れの行き届いていない雑木林の枝葉が風に揺れ、視界を遮る。それでも一目見てわかる広い背中に、イザベラは危機感を募らせた。

追うイザベラの足音に気づいたのか、先を歩いていた人物は仕立ての良い外套の裾を翻して振り返る。揺れる髪の色は茶色ではなく、金だった。

「なんだ……。そんな所にいたのか、イザベラ」

「クラウス！　なんでうちにいるのよ？」

驚いて立ち止まるイザベラに、クラウスは口の端を上げた。

「何故とは甲斐のない奴だな。――以前は忙しいと頑なに拒否しただろう。だから、わざわざ俺が届けに来てやったんだ」

言って、クラウスはハンカチを取り出すと肩口で振ってみせる。フリッツでもドーンでもなかったことに安堵と落胆を味わい、イザベラは肩を落とした。

「あ……、そう。えぇと、わざわざありがとう」

気の抜けたイザベラの返答に、クラウスは不服気に片眉を上げながらハンカチを手渡す。指先に触れる滑らかな感触と、縁を飾る精緻な透かし編みにイザベラは瞬いた。

「あら、これあたしのハンカチじゃないわよ?」

「血の染みが落ちなくてな。新しい物を用意した。ちゃんとイニシャルも入れてある」

意地の悪い笑みを浮かべられ、イザベラは訝りつつハンカチを広げた。右端に絹糸だろう光沢のある刺繍があり、クラウスからイザベラへと、贈り主を表すイニシャルが刺されている。

「何よこれ。まるでクラウスからの贈り物みたいじゃない。ハンカチ返すんじゃなかったの?」

ふざけているのかと眉を顰めれば、クラウスは喉を鳴らして笑い始めた。

「お前は俺の予想をことごとく外すな。見ていて飽きないぞ。……いっそ、思うとおりに動かしてみたくなる」

流し目で囁かれる台詞に、イザベラは嘆息を吐いて受け流す。格段に品質の上がったハンカチにも、悪戯の施された刺繍にも反応する気になれず、イザベラはお座成りな礼を口にする。

「いいものくれて、ありがと。けど、他人を思うとおりになんて動かせるわけないじゃない」

口にした言葉が自身の胸に刺さった。リーテを思い通りにしようと躍起になっていたのは、イザベラだ。義妹にとって玉の輿を目指すことなど迷惑でしかなかったのに。

胸を押さえて黙り込んだイザベラに、クラウスは思案する様子で碧眼を細めた。

「……ところで、謎の美姫はどうしている？　無事に城から帰っているんだろうな？」

心中を読んだかのようなクラウスの言葉に、イザベラは顔を上げられずにハンカチを握り締めた。俯く視線の先に、クラウスの磨き上げられた靴が入り込む。距離を縮めたクラウスは、イザベラの顎に指先をかけ上向かせた。

「何があった？　騒ぎもせず、噛みつきもしないことと、この目の下のくまは関係があるのか？」

「何よ、その言い方……。別に、何もないわ。ちょっと、その、行き違いがあっただけで」

「その行き違いとやらを話せと言っているんだ。第二王子から逃げ出した謎の美姫が、この屋敷にいるぞと吹聴されたくなければな」

口を引き結んだイザベラに、クラウスは容赦なく脅しをかける。

「なんでそう偉そうなのよ？　だいたい、吹聴することがどうして脅しになると思うの？」

抵抗の言葉を向けると、クラウスは呆れたと言わんばかりに鼻で笑う。

「こんな別荘地の端の屋敷に、王侯貴族が集まって、振る舞いに使う食器が足りるのか？」

上流貴族に出せるだけの物があるのかと、不躾な言いようだが、イザベラは否定できずに歯噛みした。リーテの存在を吹聴されれば、屋敷は大混乱に陥るだろう。

イザベラは言葉短く、舞踏会の準備からリーテの不調と昨日聞いた不満を口にした。王子との結婚をリーテが望んでいないなら、これ以上世話を焼くわけにはいかない、と。

黙ったままのクラウスを上目に窺えば、呆れた視線を注がれていた。

「様子がおかしいと思えば、そんなことで……」

「そんなこと？　そんなことってないでしょ。妹に、煩がられてたなんて……、良かれと思ってしたことが、なんのためにもなってなかったなんて……」

「最初から、お前の思いつきで義妹を舞踏会に送り込んだのだろう？　第二王子に惚れたのは、ただの誤算だ。だいたい、義妹は間違ったことを言ったか？　お前は義妹を強制的に舞踏会に送り込むという、己の目的以外に何をした。不満が出るのは予想しておくべきだったんだ」

イザベラは勝手な押しつけ以外何もしていない。リーテが口にした不満に間違いはないだろうと、クラウスは否定を受けつけない強さで言い切った。

「自分の目的のために努力するのは、自由と意志のある人間として当たり前のことだ。お前は当たり前のことしかしていない。舞踏会を嫌がる義妹に無理を強いただけだ」

頭の中で言い訳しても、結局はリーテに我慢を強いただけの独りよがりだと納得してしまう。

押し黙るイザベラに、クラウスは淡々と続けた。

「相手も感情のある人間だ。それを忘れて文句を言われたからと不満を持つのは、お前が相手の優しさに依存して大手を振っていたからにすぎない。こんな所をうろついて俺を見つけたのは、その義妹を避けたからじゃないのか？　向き合いもせず、己の非を認めることもしないなら、未だに義妹の大人しさに依存して甘えているだけだ」

怒鳴るでも、威圧するでもないクラウスの言葉に、イザベラは大切なことを思い出した。

「あたし……、あの子に謝ってない……」

否定の言葉に逃げ出したままで、向き合うことも避けている。ヴィヴィも折々で忠告してくれていた。リーテの不満は、降って湧いたわけではないのだ。

「自分じゃ、色々言っておいて……。文句言われる覚悟も、できてなかったんだわ。……勝手に、いいことしてるなんて思い込んで」

イザベラがそろりと視線を上げれば、クラウスは目を逸らさず返答を待っている。

不躾で偉そうなクラウスとの出会いを思い出してみれば、髪が絡まって困っているところを助けられたのが縁だった。頼まずとも木に登ってリボンを取ってくれ、舞踏会でも悪い噂がある中声をかけてくれたのだ。

クラウスは困っている者に手を差し伸べながら、見返りを求めない優しさがあった。

「フリッツくらい優しく笑ってればまだ……」

想像しようとして、イザベラは似合わなさに笑いを零した。クラウスは、意地の悪い笑みを浮かべながら手を貸すくらいが似合っているのかもしれない。

含み笑うイザベラに、クラウスは器用に片眉を上げる。

「何を笑っているんだ？」

「ふふ……。わかりにくい人ね、クラウスって」

「なんだそれは……？　ふん、さっきまで死にそうな顔をしておいて」

どんな顔をしていただろう。聞こうとイザベラが顔を上げれば、クラウスは大きく距離を詰める。避けるように半身を返したイザベラを、背後の煉瓦塀に囲い込むように片腕を突いた。

「クラウス？　どうしたのよ？」

問いには答えず、イザベラの顎を指先で捕まえたクラウスは、顔を動かせないよう固定した。

真顔のクラウスに、イザベラはまた叱られるのだろうかと、神妙な面持ちで言葉を待つ。

「………ふっ、くく。お前は本当に――」

鼻が触れそうな距離で見つめ合っていたイザベラに、クラウスは耐え切れない様子で噴き出し何かを言いかけた。

言葉が続く前に、馬車道のほうから荒い足音と、イザベラを呼ぶ鋭い声が響く。

「……っ、ベラ………！」

「え……、フリッツ？　どうしてここに？」

クラウスの手を解いて首を巡らせれば、厳しい顔をしたフリッツが猛然と近づいていた。

イザベラが目を瞠る間に、囲い込んでいたクラウスの腕は煉瓦塀から離れる。

「ベラ、こんな所で何をしているんだ……っ？」

絞り出すようなフリッツの声音に、イザベラは困惑して傍らのクラウスを見上げる。イザベラの視線が逸らされると、フリッツは茶色の瞳に険を浮かべてクラウスを見据えた。

硬い動作で礼を取られたクラウスは目を瞠ったが、口の端に意地の悪い笑みを浮かべる。

「……人目を避ける以外の理由がいるか？　こんな裏門しかないような小道で」

「ちょっと、クラウス……？」

イザベラとしてはたまたま行き合っただけで、人目を避ける意図などない。否定しようとすると、クラウスは意味ありげに一瞥を向けイザベラを制した。

目顔だけでやり取りするイザベラとクラウスの様子に、フリッツは体の横で拳を握り締めると、大きく一歩クラウスへ距離を詰める。

「失礼ですが、あなたのような方がどうしてここにいらっしゃるのですか？」

抑えつけた低い声音で問うフリッツの横顔は、イザベラが見たことのない緊張を孕んでいた。

「くく、イザベラに会いに来たからに決まっているだろう。何処かの誰かが、舞踏会の夜に放り出していた時に約束をしたのだったか？」

横目にイザベラを見て、からかう調子のクラウスに、フリッツは怯んだ様子で眉を顰める。

クラウスを知るらしいフリッツの言葉に、イザベラは言葉を挟んでいいものかを迷った。何より、忙しいと手紙をくれたはずのフリッツの不機嫌そうな様子が気にかかる。

「……人目を忍ぶと言うのなら、私が現れた時点でお帰りになるのが賢明なご判断かと」

「ずいぶんな言いようだな。——だが、確かに用は済んだ。今回は突然の客に場を譲ろう」

自らも珍客であるにも拘らず、クラウスは偉そうにフリッツの言に頷いた。一度イザベラに首を巡らせると、クラウスは意地の悪い笑みを浮かべて身を屈める。

「イザベラ、また会いにこよう。その時には、件の義妹にも会いたいものだな」

イザベラが答える前に、クラウスはフリッツの横をすり抜け馬車道へと歩き出した。

「ちょっと、クラウス――」

いきなり帰るのかと追おうとしたイザベラの前へ、フリッツは立ち塞がるように動く。

フリッツ越しに見たクラウスは、一度振り返ると片手を挙げて馬車道へと消えて行った。

「行っちゃった……。お礼も言ってないのに」

新品のハンカチにも、愚痴を聞いてくれたことにも。イザベラは嘆息を吐いて気を取り直すと、様子のおかしいフリッツを見上げた。

いつもは穏やかな茶色い瞳が、今は厳しく眇められたまま、肩越しに去ったクラウスを睨むよう。家の用事と言っていたことを思えば、折り合いの悪い親と何かあったのだろうか。

イザベラが心配を口にする前に、フリッツは問いを投げた。

「今の方が、どういう人か……知っているのか？　何か、言われたりは？」

「どういう人かって……？　あ、また家聞くの忘れてたわ」

フリッツは短く息を吐く。安堵の吐息と言うには、厳しい面持ちを崩さないままで。

「フリッツ、やっぱりクラウスと知り合いなの？　だったら、教えてくれない？」

普段とは違うフリッツの様子に、イザベラは控えめに問うが、返されるのは否定の素振り。

「前にも言ったけど、ベラがつき合うべき人じゃない。絶対に、近づかないほうがいい」

低く言い聞かせるようなフリッツの言葉に、イザベラは眉を顰める。

「フリッツ、いきなりどうしたの？　忙しくて来られないんじゃなかったの？」

イザベラの言葉に、フリッツは言葉に詰まる。一度口を閉じると、髪を掻き回した。

「……ごめん、ベラ。時間ができたから来たんだけど、先触れを出すべきだったね」

浮かべられた綺麗な笑みに、イザベラは違和感を覚えた。

「今さら先触れなんて……。フリッツ、なんだか様子が変よ？　家で、何かあったの？」

家の事情が絡むのではと勘繰ったイザベラは、昔の癖で頭を撫でようと手を伸ばした。瞬間、フリッツは身を引いてイザベラの手を避ける。

目を瞠って動きを止めたイザベラと同じように、フリッツも己の行動に身を硬くしていた。

「フリッツ……？　えっと、ごめん。子供扱いみたいで、嫌、だったよね？」

やってしまったと後悔するイザベラに、フリッツは見慣れない笑みで不意に踵を返す。

「ベラ……、ちょっと用事を思い出してしまった。すぐに戻らないと」

「え、もう？　お茶くらい飲んで行ったら？」

慌てて引き留めの言葉を向けるが、フリッツは綺麗なだけの笑顔のまま首を横に振った。

「ごめん、そんな時間もないんだ。――あのクラウスという人がまた来ることがあったとしても、家に上げちゃいけない。ベラ、どうしてもあの人に会うことがあれば、俺を呼んでくれ」

早口に言い募るフリッツは、イザベラの制止にも振り向かず馬車道へと歩き出す。

「フリッツ……。ねぇ、フリッツ。どうしたの………？」

「本当にごめん、ベラ。急ぐんだ」

言葉つきだけは朗らかに、フリッツは去ってしまう。イザベラは独り、茫然と立ち尽くした。

「あたし、何かフリッツを怒らせるようなこと、したかしら……？」

頭を撫でようとしたよりも前から、フリッツの様子はおかしかった。顔は笑っていたけれど、いつもの笑顔とは全く違う顔だということはわかる。

「……もしかして、ヴィヴィやリーテみたいに、口うるさいと思われた？」

頭をよぎった考えを口にして、イザベラは嫌な汗を掻く。世話を焼くという体裁で考えを押しつけていたのだ。無意識に、フリッツにも同じことをしていたのかもしれない。

「どうしよう……。フリッツにまで嫌われた………？」

思わず漏れた自身の声音に、イザベラはまた胸の内が重く沈むのを感じた。

数日後、寝室の窓枠に腕を突き、イザベラは嘆息を吐いた。
「謝ろうとしたのに、リーテは放っておいてって言うだけだし。ヴィヴィは忙しいからって相

手してくれないし。なんか……あたし妹たちに邪険にされてる？」

それだけ煩わしいと思われているのだろうかと、イザベラは項垂れる。押しつけだと言われないようにと思うほど、リーテに舞踏会から逃げ出した理由を聞くこともできずにいた。

あえて心中を口に出すイザベラは、脳裏にちらつく影に目を眇める。

「……フリッツ………」

思わず零れた名前に、イザベラは長嘆息をはき出した。

「なんでいきなり帰っちゃったんだろ？　せっかく来たなら、お茶くらい。その間にちょっとあたしの話聞いてくれても……。うぅん、だめ、だめ。忙しいって言ってたんだから。あたしの勝手で時間取ってほしいなんて、そんなの………」

いつもの笑顔が見たかったのに、思い出すのは厳しい面持ちのフリッツばかりで胸が塞ぐ。

家の用事で嫌なことがあったか。フリッツを怒らせるようなことを自分がしていたのか。どちらにしても嫌だ。イザベラは騒ぐ胸を服の上から押さえた。

「だから、今はフリッツのこと考えてもしょうがないでしょ。あの子たちみたいにフリッツがうるさく思ってたにしても、あたしが、変わらなきゃ」

言ってはみたものの、何もしないままではいられないが、何をすれば改善に繋がるのか。

「あぁ、もう！　いいわ、もう一度話しにいこ。いつまで放っておいてほしいか聞けばいいのよ」

本人に聞けば一番早いと、イザベラは懊悩に疲れて拳を握った。

善は急げと寝室を出て、使用人にリーテの居所を聞くが、誰も言葉を濁してはっきりとは答えない。忙しいと言って逃げるように去る者もいる。

「……みんな知らないなんて。リーテ、あたし以外にも放っておいてって言ってるのかしら？」

ドーンが狙っている今、リーテの所在がわからないのはまずい気がする。

リーテを案じながら、イザベラは念のため裏門付近や使用人食堂の裏まで足を延ばした。

別荘の角を覗き込めば、髪を纏めもせず縺れさせたままのリーテが地面に座り込んでいる。

「リーテ、こんな所にいたの？　いったいいつからそこにいるのよ？」

思わず問いかけたイザベラに、首を巡らせたリーテは答えず問いを返した。

「ねぇ、イザベラ。わたしの前掛け、知らない？」

相変わらず使用人のお仕着せを身に纏うリーテは、言われてみれば前掛けをしていない。

「え、何処かに置き忘れたの？　あたしは見てないわよ」

相変わらず家事にも身が入らないリーテは汚れも少なくなり、ここ数日は気まずさからイザベラも身嗜みに口を出してはいなかった。

「あたしが管理してるのはリーテのドレスだけでしょ。なんであたしに聞くのよ？」

「使用人たちが、イザベラの嫌がらせじゃないかって言うから」

リーテの覇気のない声に、イザベラは目を瞠って言い返した。

「何よ嫌がらせって。なんであたしがリーテの前掛け盗るのよ？　どうせ使用人の誰かが間違って使ってるんじゃないの？　全員同じもの使ってるんだし」

「でも、前掛け余らないの。わたしのだけないから、盗られたんだって……」

言われて、イザベラも頷いた。使用人の服は支給品で、必要に応じた数だけを仕立てている。財産管理の一環として、幾つあるかは記録されていた。

「そうね、数が合わないのはおかしいわよね。後は、風に飛ばされたとか……」

ふと気づいて、イザベラはリーテに弁明を聞かせた。

「言っとくけど、本当にあたしじゃないからね？　あたしがやるなら、前掛けだけなんて中途半端なことしないわよ。全部隠した上で、リーテのドレス用意しておくんだから」

「うん、イザベラならそうすると思う。……ねぇ、前掛けなくなったから、新しい使用人の服ちょうだい。みんなに配ってない予備の服があるって聞いたの」

「服が必要なら、ドレスを用意してあげるって前から言ってるじゃない」

言って、イザベラは口うるさかっただろうかと、己の言動に不安を募らせる。駄目でもともと言ってみただけのリーテは、不快感を表すようなことはしなかった。

「なくなったの、前掛けだけじゃないんだ。ずっと、少しずつなくなってるの」

「え……？　少しずつって、いつから何がなくなってるの？」

イザベラは思わぬ言葉にリーテへと距離を詰め、視線を合わせるためしゃがみ込む。

「舞踏会に行ってから、かな。靴下が片方見当たらないし、三角巾もないの。ハンカチも洗濯した後見てないし、いつも顔を拭いてた手拭いも……」

ぼんやりすることの多かったリーテは、最初なくなっていることにも気づかなかったと言う。

「リーテの不注意……、にしてはちょっとおかしいかもね」

リーテの言い分から察するに、使用人はイザベラが隠していると疑っているらしい。

「……まさか。――ね、ねぇ、リーテ。もしかしてヴィヴィとは仲直り、してない？」

首を傾げるリーテに、イザベラの中で疑いが強まる。ヴィヴィならやりかねない、と。

「仲直りって……、なんで？　わたし喧嘩なんてしてないよ」

本気で思い当たらないらしいリーテに、イザベラは呆気に取られた。

「ちょっと、リーテ。あれだけ口喧嘩してて呆けてたなんてことないでしょ。その、ほら。あたしが自分勝手だとか、うるさいだとか言ってた、あれよ……」

自分で言っていて情けなくなるイザベラは、語尾が小さく掠れる。

「あれ、口喧嘩なの？　喧嘩、したつもりないけど……」

「リーテにそのつもりがなくても、ヴィヴィはそうじゃないかもしれないでしょ。もしかしたら、物がなくなるのは怒ったヴィヴィの悪戯かもしれないじゃない」

イザベラが言い募ると、リーテははっきりと否定した。

「ヴィクトリアは、そんなことしないよ」

リーテを見れば、空色の大きな瞳が真っ直ぐに見返してきている。

「ヴィクトリアは、イザベラと違ってわたしのために何かするなんてことないよ。嫌がらせだって、隠れてするより目の前でやって、イザベラの反応見て笑うでしょ」

実の妹のことをリーテに指摘され、イザベラは疑った自分が恥ずかしくなった。

「ん？　じゃ、あたしに前掛けのこと聞いたのは、あたしが隠したと本気で思ったってこと？」

可能性に気づき、イザベラは目を据わらせる。リーテは邪気のない様子で首を横に振った。

「うぅん。でも、使用人たちが絶対そうだって、うるさいから」

言われるままにイザベラに尋ねたのだと、リーテは言って遠くを見る。熱を帯びた視線は、王子を見つめ円舞を踊った夜を思い出させた。

一度開いた口を閉じて、イザベラは思い止まる。リーテをただ追及したところで、逃げた理由を口にはしない。焦らず、リーテが本調子になるまで待ってあげるべきだ。

自分勝手な押しつけでは、フリッツにも呆れられる。

「……リーテ。その、色々強要して、ごめんね。いっぱい頑張って、今は休みたい気分なのかしら？　それなら、好きなだけ休んでていいわ。なくなった物はあたしが捜す。三角巾ないなら、リボン貸すから髪結ぶ？　邪魔でしょ。何かまたなくなることがあったら教えるのよ」

イザベラが促すと、リーテは一つ頷きを返した。どうやら怒ったり悲しんでいる様子はない。紛失物も、ただの置き忘れ。リーテの不調が、紛失に繋がってしまったのだろう。

そう思っていたイザベラは、続く私物の紛失に盗難を疑わざるをえなかった。

「どうして……、肌着や靴がなくなるって言うのよ……？」

なくなるのはリーテの物だけ。明らかに、何者かの故意が絡んでいた。

「あの…………っ」

静かな別荘の応接室で、期せずイザベラとフリッツの発言が被ってしまった。

「……な、何？　フリッツ」

「いや、ベラが先でいい」

互いに譲り合うと、また沈黙が落ちる。彫刻の施された長椅子に座り、湯気の立つお茶を隔てて向かい合うのは、七日ぶりに会うフリッツだった。

手紙で来訪を報せたフリッツを待ち、朝から応接室の掃除まで自らやったイザベラだったが、いざ本人を前にすると以前の渋面がちらついて、どう対応していいのかわからなくなる。

イザベラは気まずさに耐えられず、もう一度意を決して顔を上げた。

「…………もう家の――」

「…………この間の――」

またも声が重なり、フリッツ共々口を閉じる。間の悪さに歯嚙みするしかない。

衣擦れの音がして目を上げれば、フリッツが窺うように片手を挙げている。イザベラが頷きを返すと、フリッツは一つ咳払いをした。

「この間、別荘に来ていた方とは……その、まだ会ってる？」

「クラウスのこと？　いいえ。いつも偶然会うだけだし、別荘に来たのはこの間が初めてよ」

出会って三回しか顔を合わせていないと言えば、フリッツは髪を掻き回して謝罪を口にした。

「ごめん、ベラ。この間は急に来て、いきなり帰って。……ベラに、失礼な態度を」

「忙しかったんでしょ。でも、どうして来たの？　あ、来ちゃいけないとかじゃないのよ。ただ様子が変だったから、おうちで何かあった？」

早口に並べ立てたイザベラは口を押さえる。不躾な質問の心遣いのなさに後悔しても遅い。

　フリッツを窺えば、思わぬことを言われた様子で瞬きをしていた。

「あ、あぁ。そう、そうだよ。――親戚との顔合わせで、連日食事会を催されて。俺の一族が酒豪揃いだなんて知らなかったよ。若いんだから飲めだなんて、若さは関係ないのにな」

　最初は言葉を濁すようだったフリッツだが、饒舌になって苦笑を浮かべた。

「家のことで、心配してくれてたのか。ありがとう。実は、まだ次に相手の家での晩餐会や茶会が予定されてるんだ。泊めてもらってる友人とも約束があって、前ほど来られないと思う」

　申し訳なさそうに告げるフリッツに、イザベラは手と首を横に振った。

「気にしないで。忙しいなら無理しなくていいのよ。フリッツが辛そうなのは、嫌だわ」

　きっとフリッツは、無理に抜け出したために疲れが表情に出ていたのだろう。そんな顔をさせてまで甘えていてはいられない。気負うイザベラに、フリッツは同じだと言った。

「俺も同じだよ。ベラが問題を抱えて困っている様子は見たくないんだ。だから頼ってほしいし、そう思ってはいても予定があって手助けできる時間が減るのが、悔しいんだ」

柔らかく微笑むフリッツに、イザベラは心から安堵の息を吐いた。リーテのことも、ドーンのことも、まだ解決はしていないが、フリッツが優しく笑ってくれるだけで気力が湧く。

「……それで、ベラ。俺が来てからずっと気難しい顔をしていた理由は、何かな?」

水を向けるフリッツに、イザベラはどれだけ顔に出ているのかと、頬に片手を当てた。フリッツを前にして気まずかったとは言えず、ドーンの手紙やリーテの私物が紛失する現状を話す。

「だったら紛失か窃盗か、そこを明確にすべきだろうな。――ベラ、物がなくなった場所に連れて行ってくれないか? まずはアシュトリーテの困りごとを解決しよう」

「手伝ってくれるの? ありがとう、フリッツ!」

表情を明るくしたイザベラは、勢い立ち上がる。頻発する紛失を告げ、義父に正門と裏門の施錠を日中も行ってもらっているが、正直手詰まりだったのだ。

「……つまり、施錠するようになっても、アシュトリーテの物はなくなるんだね?」

応接室を出て、物干し場に向かう途中の廊下で、フリッツは顎に指を添えて確認する。

「そうなの。最近なくなったのはリーテの肌着よ。朝集めた洗濯物の中からなくなってた。こっちの洗濯場に持ち込むために、廊下のここに籠ごと置いていたらしいわ」

廊下を厨房と挟んだ洗濯場の前で、イザベラは憤然と説明する。

「ここで？　使用人たちは不審人物を見ていないのか？」

戸のない厨房からも洗濯場からも見える廊下のただ中。フリッツは尤もな疑問を呈した。

「それが、朝の時間でみんな忙しくて。あたしたち家族は食事中で、給仕と配膳で使用人の半数がいないし、残りは料理に集中してて。だから、洗濯物も一時的に廊下へ放置されていたの」

洗濯籠の置かれた場所は、厨房からでは見通せない。物干し場に続く裏口から入り、籠を漁って気づかれずに外へ逃げ出すことはできる。

目撃者がいないと聞いて、フリッツは思案した。

「……今も、使用人の姿が見えないけど？」

「半数は屋敷の掃除よ。後は使用人食堂で下拵えと、男手は馬車磨きって聞いてるわ」

「今日の洗濯は？　もう終わってる？」

「ええ、外に干してあるはずよ。今日はリーテの物はないと思うんだけど」

イザベラは裏口へと先導した。戸を開ければ、吹き抜ける風に白いリネンが翻る。ふと、くすんだリネンを見つけて目を眇めたイザベラは、洗濯物の陰から覗く双眸に総毛立った。

「だ、誰……！」

イザベラの誰何の声に、男は背を向けて走り出す。くすんだリネンを洗濯竿から引き下ろそうとしていたらしく、男の手から離れたリネンが地面に落ちた。

フリッツは洗濯竿に走り寄ると、支柱に立てかけられた先の分かれた棒を摑む。腰を落とし腕を引いたフリッツは、裏門へ走る窃盗犯の足目がけて棒を低く擲った。空を切って飛んだ棒は、窃盗犯の足の間に入り、絡んで転倒させる。

「すごい、フリッツ！　やった……っ、じゃなかった。誰か、誰か来て！」

イザベラは頰を紅潮させて手を打つが、状況を思い出して使用人を呼ばわった。

フリッツは窃盗犯が起き上がる前に、腕と背を押さえ確保する。棒を拾って威嚇するように窃盗犯に向けたイザベラに、フリッツは確認を頼んだ。

「ベラ、裏門が施錠されているかを確認してくれ」

「え……？　されてるはずよ。ちゃんとお義父さまが…………。嘘、開いてる！」

裏門の戸には横木を差し込む閂がある。横木は門に立てかけられる形で外されていた。

イザベラが驚愕の声を上げると、食糧庫の裏口から使用人たちが姿を現した。窃盗犯を捕まえたと告げれば、慌てて厨房から荒縄を引っ張り出してくる。

「ベラ、まずは確認をしよう。盗もうとしていたリネンはアシュトリーテのものであってる？」

「えぇ、このくすみ灰だわ。リーテが灰の上に敷いていたリネンよ」

使用人の手によって荒縄で縛られた窃盗犯は、地面に座ったまま口を引き結んでいる。土で汚れている以外は、小ざっぱりとした清潔な格好をしており、近くの農民ではないようだ。

頷いたフリッツは、窃盗犯の正面に立った。

「聞きたいのは二つ。誰の命で盗みを働いたか。そして、誰が別荘内にお前を手引きしたかだ」

「ちょっと待って。手引きって、まさか……別荘の誰かが盗みを手伝ってたってこと？」

フリッツの断定に混乱するイザベラは、渋面になる使用人を見回した。

「考えてみてくれ、ベラ。使用人と同じ物を使っていたのに、何故アシュトリーテの物だけが盗まれるのか。どうして施錠していたはずの裏門が開き、誰もいない時間を知って盗みができたのか。それらを考え合わせれば、別荘の中で盗みを手引きした人間がいるのは明白だ」

単独の外部犯ではできないことをやっていると、フリッツは迷いなく答えた。

沈黙を守りながらも、顔を顰める窃盗犯に、フリッツは続ける。

「雇われた身だというのも、見ればわかる。まず爪に土の汚れがない。垢染みのない白いシャツは、頻繁に服を取り換え清潔を保てる環境にいるからだ。ここが別荘地であることを考えれば、貴族に仕える者が、主人の命令で盗みを働いているのは想像ができる」

否定も肯定もしない窃盗犯に、フリッツは嘆息を吐いてみせた。

「別にこの場で喋らなくても問題はない。このまま盗人として兵士に突き出せばいい。貴族の別荘へ盗みに入ったんだ。罪は重く死は免れないだろう。そうなれば、盗みを命じた者はもう一度同じ犯罪を行うことに躊躇するはずだ。お前一人を突き出すだけでことは解決する」

もう別荘で窃盗が起こることはなくなるだろうと、フリッツは冷ややかに言ってのけた。

ざわつく使用人と共に、イザベラも目の前の窃盗犯の末路に息を飲んだ。窃盗は重罪だ。しかも被害者は男爵令嬢。貴族を害したなら罪は重くなり、極刑を言い渡される可能性は高まる。

顎を震わせ青褪めた窃盗犯は、己の所業がどんな結果になるのか想像していなかったようだ。

「突き出すのは、あくまで何も言わないなら、だがな」

つけ足したフリッツは、イザベラを振り返る。

「ベラも、貴族同士で諍いは望まないだろう？　いきなり窃盗犯を突き出すより、当人同士で話をつけたほうが穏便に済む」

「もちろんよ！　迷惑かけられた分の文句を言いたいし、こんなことやめてほしいだけで、何も人死にを出したいわけじゃないもの……」

　イザベラが請け負えば、窃盗犯は慌てて口を開いた。

「お、おれは命令されただけなんです！　使用人が指定した物を持って来いって！」

「それが誰かを聞いているんだ」

誤魔化しを許さないフリッツの追及に、窃盗犯は大きく唾を飲み込んで答えた。

「ドミニクさまに……、ケーテって女の手引きを受けて……」

窃盗犯の声と同時に、使用人たちは身を引きケーテの傍から一斉に離れた。首を竦めて俯くケーテに、イザベラは厳しい面持ちで歩み寄る。

「ケーテ、いったいどういうこと？　どうしてドーンなんかの言うことを聞くのよ。リーテが困ってるの知ってたはずじゃない。窃盗の片棒担ぐなんて――っ」

イザベラが責める口調で近づくと、睨むようにケーテは顔を上げた。

「あれは窃盗なんかじゃありません！　アシュトリーテさまがドミニクさまに差し上げたんです。持ってるものが少ないから、アシュトリーテさまは身の回りの物を細々と差し出して……っ。恋人同士にしかわからない、秘密の伝言をやり取りしていたんです！」

声を荒げるケーテに、イザベラは何を言われているのかわからなくなった。

「待って、もしかして……ドーンがそう言ったってこと？　あいつの妄言なんか信じちゃ駄目よ。っていうか、その話リーテにしたの？　リーテがそんな馬鹿な話頷くわけないでしょ」

ドーンを嫌いきっているリーテが、物をあげるはずはない。そう否定しても、ケーテは怒りを湛えた目でイザベラを見据えた。

「それはアシュトリーテさまが本心を隠すために、ふりをしていたからです。あなたが醜い嫉妬なんてしなければ、そんなことする必要もないのに！」

何処かで聞いたことのある言葉に、イザベラは過日の苛立ちを思い出し頬が攣る。ケーテはドーンに言われただろう妄言を連ねてイザベラを非難した。

「ドミニクさまに振られたからって、アシュトリーテさまを苛めて二人を引き裂くなんて……っ。嫉妬にしても醜すぎます！　アシュトリーテさまの美貌を羨んで苛めるだけじゃなく、恋人同士を引き離して邪魔をするなんて、あんまりじゃないですか！」

周囲の使用人も暴言を止めに入るが、ケーテの激昂は収まらない。ドーンの妄想を信じ込んでしまっているケーテの言葉選びに、イザベラは諸悪の根源に対して沸々と怒りが湧いていた。

「あの変態！　ってことは、リーテの肌着をドーンが盗んで持ってるってこと？」

怒りに拳を握り怒声を放ったイザベラの剣幕に、ケーテも肩を跳ね上げた。眦を吊り上げたイザベラは、使用人を置いて裏口へと向かう。

「ベラ、何処に行くんだ？」

フリッツの問いに、イザベラは裏口に手をかけ睨む勢いで振り返った。

「ドーンの所に決まってるでしょ。盗まれた物取り返して、文句言わなきゃ収まらないわ！」

足音荒く室内へ入るイザベラを追って、フリッツは落ち着くよう宥めた。

「フェルローレン男爵に任せたほうがいいんじゃないか？　男爵の旧友の息子なんだろう？」

「お義父さまは優しすぎて、ドーンの執拗なつきまといをヘングスター男爵にも隠すくらいなのよ。あたしが行って取り返したほうが早いわ」

言いながら、イザベラは玄関から外へと出る。前庭では磨き終えた馬車を囲んで、使用人の男手がひと息吐いていた。

「すぐに馬車の準備をしてちょうだい。それと、裏に窃盗犯がいるから見張りを回して」

イザベラの命令に、使用人たちは驚き浮き足立つ。馬車に馬を繋ぐ時間も惜しく苛立つイザベラは、ふと気づいて隣のフリッツを仰いだ。

「もしかして、フリッツも一緒に行ってくれるの？」

「ベラ一人を行かせるなんて、心配じゃないか。城でのドミニクの様子を考えれば、俺が盾になったほうが安全だろ」

　肩を竦めて軽口のように言うフリッツに、イザベラは息を詰めた。

「盾だなんて……。前みたいな挑発はやめてちょうだい。こっちの心臓がもたないわ」

「善処はするよ。……でも、捕まえた窃盗犯は一人だったけど、もし、外に仲間が待機していたら？　今頃ドミニクに窃盗がばれたことを告げているだろう。そうなれば、証拠隠滅を図る可能性がある。それを止めるためには、荒ごとを覚悟しておくべきだ」

　フリッツは真剣な声音で告げる。イザベラは思わぬ指摘に目を見開いた。

「証拠隠滅って、もしかして盗んだ物を捨てるってこと？」

「そう。窃盗犯が嘘を吐いていたとドミニクに白を切られたら、どうしようもない。だから、今は急いでヘングスター男爵の別荘から盗まれた物を回収する必要がある」

「そうよね。いきなりドーンが盗人ですなんて言っても、言いがかり扱いされるわ……」

　馬車の準備が終わり、イザベラとフリッツは乗り込む。ヘングスター男爵の別荘に向け車輪が回り始めると、フリッツは思案気に呟いた。

「気にすべきは、フェルローレン男爵とヘングスター男爵の友誼か……」

　イザベラは苦笑を嚙んだ。義父の交友にまで気を遣うフリッツの優しさが嬉しく、心強い。

　黙考するフリッツを見つめていたイザベラは、御者の告げる到着の声に気を引き締めた。

先に馬車を降りるフリッツの手を借りたイザベラは、別荘の玄関へ足早に向かう。

中から玄関が開くと、顔見知りの従僕が現れた。車輪の音に来客を確かめに来たのだ。

「お……っ。これは、イザベラお嬢さま。い、いったいどういったご用件で？」

婚約破棄以来見ていなかったイザベラの姿に、壮年の従僕は目を白黒させる。相手の混乱に乗じて、イザベラは玄関を自ら開けて別荘へと押し入った。

「ドーンに会いに来たのよ。ドーンはいる？　いるなら早く案内してちょうだい」

言いながら、イザベラは別荘内をずんずん進んでいく。目指すは一階にあるドーンの私室だ。

「いらっしゃいます。いらっしゃいますが、どうかお待ちください。イザベラお嬢さま……っ」

手を伸ばして止めようとする従僕を制し、フリッツもイザベラの後を追う。

廊下を我が物顔で進んだイザベラは、一つの扉の前で足を止めると声を荒げた。

「ドーン、いるんでしょ！　ここを開けて。何しに来たかは、自分の胸に聞けばわかるわよね！」

イザベラは手が痛くなるほど激しく扉を叩くが、室内から応答はない。響く怒鳴り声に、ヘングスター男爵夫妻も姿を現した。

「イザベラ嬢……？　いったいどうしたんだ、これはどういう状況だ？」

思わぬ珍客に驚くヘングスター男爵に、フリッツは手短に窃盗の件を伝えた。まさかと扉の前が色めき立つ中、私室からの返答はやはりない。

「これだけ騒いで顔も見せないなんて。本当にドミニクはいるのか？」

怪しむフリッツに、顔色を失くしていたヘングスター男爵がありえないと応じた。

「息子は確かにいるはずだ。婚約破棄から許可なく出歩くことを禁じている」

在宅を主張するヘングスター男爵に、従僕も頷いた。

「今日はまだ誰もお部屋から出る姿を、見ておりません。そ、それに屋敷の使用人が勝手に抜け出し、あまつさえ窃盗の手伝いなど……」

窃盗自体を疑う従僕の言葉に、イザベラは焦れてノブを摑んだ。

「ドーン、返事しないなら開けるわよ。文句なら顔を見て言って！」

言いながら扉を開けば、一陣の風が通り抜けた。部屋を見回したイザベラは、茫然と呟く。

「……いない？」

窓ではカーテンが揺れているだけで、他に動くものの気配はない。

「ベラ、あそこにあるのは盗まれた物じゃないか？」

フリッツが指差すのは、天蓋つきの寝台。近寄れば、見慣れたエプロンや靴が投げ出されていた。

いた。盗まれた物だとイザベラが確認すると、ヘングスター男爵は渋面になる。

「や、やはり、息子が……？　なんてことだ……」

ヘングスター男爵が頭を抱えると、顔を顰めた夫人が引き攣った甲高い声を発する。

「あの子が窃盗だなんて、まさか。ア、アシュトリーテさんから頂いたものじゃないの……っ？」

息子を庇う夫人の言葉に、フリッツは冷静な問いを向けた。

「片方だけの靴下や肌着を？」

夫人は否定するように首を横に振りながらも、反論は出ない。そんな声を聞きながら、盗まれた物を調べていたイザベラは怖気に身を震わせた。

「……このエプロンや肌着の潰れた感じ。——ま、まさか……、ドーンはこの上で寝てたの？」

変質的な行為を想像し、イザベラは悪寒を振り払うようにヘングスター男爵を顧みた。

「ヘングスター男爵、ドーンは何処にいるんですか？」

ドーンの不在に困り果て、ヘングスター男爵は首を横に振るばかり。

イザベラは他人を頼っていられないと、隠れられそうな場所を捜して私室を歩き回り始める。

開いていた窓を確かめたフリッツは、窓枠に足跡が残っているのを見つけた。

「窓を出入り口にするなんて、ずいぶんと行動的なご子息だ」

フリッツの呆れ交じりの皮肉に、ヘングスター男爵は我に返り従僕へ命令を下す。

「す、すぐに周辺を捜索してドーンを見つけろ！　い、いや。その前にいない使用人の確認を！」

従僕は主人の剣幕に肩を跳ね上げ、私室の前に集まる使用人を動かし始めた。

「……っ！　フリッツ、これ見て！」

壁際の文机の抽斗を開けたイザベラは、詩を書き連ねた紙束を引き出す。愛や恋を詠った文字の羅列の中には、頻繁に「攫う」「奪う」という単語が見られた。日付の書かれた詩は、最近のものになるほど筆致が乱れ、荒ぶる言葉遣いで書かれている。

顎に指を添えて紙面を追ったフリッツは、茶色の瞳を眇めた。

「どうやらドミニクは、思い通りに行かない状況にそうとう行き詰まっていたみたいだな。窃盗がばれて、強硬手段に出るかもしれない」

「強硬手段って……？」

嫌な予感がして問うイザベラに、フリッツは詩の「攫う」という言葉を指し示した。

「嘘でしょ……！　大変、リーテが危ないわ。すぐ別荘に戻らなきゃ！」

戦慄くイザベラに頷きを返して、フリッツはヘングスター男爵夫妻に向き直る。

「この盗品は証拠として回収させていただきます。できれば、ヘングスター男爵にはフェルローレン男爵家の別荘へ至急お越し願いたい。窃盗だけならまだしも、令嬢本人への危害は看過できない。ご当人同士での話し合いが必要でしょう」

家長同士で落としどころを見つけなければ、事態は収まらない。そう助言するフリッツに、ヘングスター男爵は硬い表情ながら頷いた。

茫然としていた夫人の足元に、文机から落ちた詩が一枚、舞い落ちる。拾い上げて読む夫人の横を、盗品を抱えたイザベラは走り抜けた。

フリッツと共に馬車に乗り込み、ヘングスター男爵家の別荘からとんぼ返りする。車軸が軋みを上げて不穏に馬車全体を揺らしても、イザベラには遅く感じられた。

出かける前となんら変わりのない様子の別荘へ着くと、イザベラは自ら馬車を飛び降りる。

「リーテ……！　リーテは何処にいるの！」

玄関広間に響く声に、返る答えはない。フリッツを顧みる余裕もなく厨房へと駆け込むイザベラに、使用人たちは目を瞠った。

イザベラは叱りつける強さでリーテの行方を聞くが、困惑する使用人たちは、首を横に振るばかり。ケーテは相変わらずイザベラを睨んでいたが、関わっている時間が惜しい。

厨房裏も確認したイザベラは、リーテを捜して別荘内を手当たり次第回った。一度も使われたことのない、リーテの私室にも行くが、人影はない。

もしかしたらと胸中で繰り返し、別荘を捜し回ったが、リーテの姿は見つからなかった。

走り回って息は上がっているのに、イザベラの手は氷のように冷たくなる。激しく脈打つ鼓動はから回り、もしかしてという希望さえ思考には浮かばなくなった。

「ひと足遅かったか……」

息を吐くフリッツが零したひと言に、イザベラの血は音を立てて下がる。不安と焦りで飽和した思考で、震える声音を吐き出した。

「……リーテは、もうドーンに攫われてしまったんだわ」

何処へとも知れない遠くへ、リーテは消えてしまった。

絶望の滲むイザベラの呟きに、フリッツは異変を察して正面へと回り込んだ。

「ベラ、確かにドミニクに先を越されたが、まだ——」

「ヘングスター男爵の別荘に行く前に、ちゃんとリーテの居場所を確認しておけばよかった！　何処に連れていかれたかもわからないし、何をされてるか……！」

嫌な想像に、イザベラは総毛立つ。フリッツの言葉も聞かず、自責の念に押し潰された。

「お義父さまにも頼まれていたのに。あたしがリーテのことをもっとよく見ておけば……っ」

後悔の言葉しか浮かばないイザベラは、自身を掻き抱いた。きっと舞踏会の夜のように、リーテはドーンに捕まっているだろう。けれど、今のイザベラには助け出すことはできない。

「あぁ、どうしよう……！　あたしが、舞踏会に行かせなきゃ良かったの？　ドーンに会わなきゃこんなことにはならなかったんじゃない？　あたしのせいで――っ」

自問自答で自らを追い詰め始めたイザベラの肩を、フリッツは両手で掴んで声を荒げた。

「ベラ！　しっかりするんだ。今君が折れてどうする！」

低く鼓膜を揺す振るフリッツの叱声に、イザベラは血の気の引いた顔を上げた。フリッツの大声など、再会してからはもちろん、七年前にも聞いたことがない。

見上げる茶色い瞳には、強い光が宿っていた。

「アシュトリーテを助けるんだろう？　捜すことさえ諦めるのか？　君が諦めたら、誰がアシュトリーテを助けるんだ」

「…………あ」

今リーテがドーンに攫われたという可能性を知るのは、屋敷の中でイザベラとフリッツだけなのだ。混乱と焦燥で早合点してしまったが、フリッツはまだと言いかけていた。今ならまだ間に合う算段があるのかもしれない。

縋るように見つめ返したイザベラに、フリッツは一つ頷いてみせた。

「馬車を使えば人目につく。誰にも気づかれず別荘から抜け出しアシュトリーテを攫ったなら、ドミニクの移動は徒歩だ。俺たちはそれよりも速い馬車を使った。だったら、アシュトリーテが攫われてそんなに時間は経っていないはずだ」

「……じゃあ、まだ周辺を捜せばリーテを取り戻せるのね！」

まだ手の届かない彼方へ消えたわけではない。諦めるには早いと、イザベラは意気を上げた。

力強く微笑んだフリッツは、まだ一つ手がかりが残っていると言う。

「窃盗犯を捕まえたことで、使用人も警戒していたはずだ。それに家事にもやる気をなくしていたアシュトリーテが、自分の意志で屋敷の外に出るとは考えにくい」

イザベラが頷くと、フリッツは歩き出す。後を追うイザベラは、見つめる広い背中の頼もしさに気づいた。幼い日には慰める側だったはずが、今ではイザベラを支えられるほど強かになっている。胸に湧くのは心強さと、少しの困惑。

名状しがたい感情に首を傾げたイザベラを、フリッツは肩越しに振り返った。

「アシュトリーテが自ら出ることもなく、ドミニクが別荘に侵入したわけでもない。だったら疑わしきは、別荘内部からの手引きによって、アシュトリーテが攫われた可能性だ」

「内部からの、手引き……？」

フリッツの言葉に一人の顔が浮かぶ。イザベラは堪らず厨房へと走り出した。

居並ぶ使用人たちは不安顔で声を潜めて会話をしている。厨房の奥にケーテを見つけたイザベラは、掴みかかるように距離を詰めた。

「リーテが何処にいるか知ってるなら教えて！」

「ど、どうして私に聞くんですか？　どこか、お屋敷の中に――」

背を仰け反らせたケーテの目は左右に泳ぐ。直感的に怪しいとわかったイザベラは、逃げないよう肩を掴むとさらに問い質した。

「じゃあ、ドーンは何処！　ドーンの指示でリーテの物を盗ませてたんなら、ドーンと連絡を取ってたんでしょ。ドーンの居場所を教えて！」

「し、知りません……っ。放してください！　私は、知りませんから！」

顔を背けて抵抗するケーテと、詰問を繰り返すイザベラは揉み合い、話が進まない。

フリッツが制止の声をかけようと動くと、厨房の入り口に義父と母が顔を出した。

「イザベラ、ここにいるのか？　いったいどうしたんだい。大きな声を出して？」

捜したという義父に、使用人たちは頭を垂れて主人の登場に身を硬くする。心配顔のフェルローレン男爵に、フリッツは眉を寄せた。

「……まさか、聞いておられないのですか？　アシュトリーテの私物を盗んでいた窃盗犯が捕まったんです。ドミニクの指示だと白状しました」

フリッツの説明に、義父も母も目を剝いた。誰も別荘の主人に窃盗犯のことを報告していなかったのだ。詳細を問おうとする義父を留め、フリッツはリーテを捜すほうが先だと説く。

「ドミニクが、リーテを攫った、と……？　ど、どうしてそんなことに………っ」

戦慄く義父は、イザベラと揉み合うケーテを呼んだ。

「ケーテ、知っていることがあるなら言いなさい。これは、命令だ」

逆らうなら相応の罰が下る。働き口を失くすという困窮の未来を言外に告げる義父に、ケーテは首を縮めて目を泳がせた。

イザベラは義父に任せケーテから手を放す。主人の命令に、他の使用人たちも口々に促した。

仲間内から説得されたケーテは、目を見開いて自棄気味に顔を上げる。

「ドミニクさまとアシュトリーテさまは、愛を裏切れなかったんです。ご両家に許されなくても、お互いに手を取り合って生きていくために……駆け落ちなさいました。どうしてお二人をここまで追い詰めるほど、結婚をお許しにならなかったんですか！」

ケーテの言葉に厨房は静まり返った。予想もしていなかった答えに、イザベラは声も出ない。

ただ、使用人の中にはケーテに同調する者がいるらしく、頷く者がちらほらいた。ケーテの主張を真に受けた使用人が、義父への窃盗犯の報告を躊躇していたらしい。

「……何を言うかと思えば、そんな妄言はどうでもいい！」

太く地を這うような怒声を放ったのは、震えるほど赫怒した義父だった。

「使用人が知った口をきくな！　どれほど偉くなったつもりだ。今聞いているのは娘が何処にいるか、ドミニクが何処にいるかということだ。聞かれたことにだけ答えなさい！」

普段の温厚さからは想像もできない義父の激昂に、ケーテは青褪め震えあがった。助けを求めるように使用人仲間に視線を向けても、誰もケーテから顔を逸らす。関わって義父の怒りを買うことはしたくないのだ。

ケーテは、怒りに見開かれた義父の目に肩を跳ね上げると、蚊の鳴くような声音で答えた。

「……は、林の、狩り小屋。そこに、想い人がいると、伝えるよう、言われて……」

「それでアシュトリーテは自分で出て行ったのか？」

そんなことで、と訝しみつつ確認するフリッツに、ケーテは噛みつくように答えた。

「ですから、二人は思い合っているんです！　窃盗というのもイザベラさまの嫉妬からくる勘違いで、アシュトリーテさまが自らドミニクさまに私物をお渡しになっていただけです。私はお二人の幸せを思うからこそ――！」

言い募るケーテを顧みることなく、フリッツは義父へ歩み寄った。

「林の中の狩り小屋とは？　思い当たる場所はありませんか？」

「たぶん、裏門の先にある雑木林の向こうだろう。兎狩り用の小屋があったと記憶している」

リーテも小屋の場所は知っているはずと言う義父に、フリッツは頷いた。

「では手分けしましょう、男爵。あなたは俺と男手を率いて小屋周辺の捜索を。夫人は念のため、もう一度屋敷内の捜索をお願いします」

迷わず指示を出すフリッツに、義父も母も頷き使用人を男女に分け指揮し始める。

「……兎狩り用の、小屋………」

義父の言葉を繰り返したイザベラは、去年一度だけ聞いた小屋の場所を思い出した。

「俺たちが出た後は、門に施錠を――ベラ？　待て……っ、一人は危険だ！」

フリッツの制止の声を背後に残して、イザベラは食糧庫の裏口から外へと飛び出した。

裏門を押し開き、雑木林へと踏み込んでいく。心のままに動く足を止められはしなかった。

「リーテ……、リーテ！　いたら返事をして！」

闇雲に叫んでも、返る声はない。

夏を前に一度刈り取った程度の手入れしかされていない林の中は、ひどく見通しが悪かった。

大まかな方角だけを頼りに、イザベラは雑木林を進んでいく。小枝が顔に当たって痛んでも、足を止めてはいられない。

「でも、どうしよう？　こんなんじゃ見つからないわ。あたしが諦めちゃ駄目なのに……っ。考えなきゃ、リーテを見つける方法を！」

念じるように吐き出したイザベラは、ふと足元に視線を落とす。

「そうよ！　リーテが通った跡が何処かにあるはずだわ」

一度足を止めると、息が荒く乱れ、全身に倦怠感が襲う。へばってはいられないと息を大きく吸い込んだイザベラは、不意に鼓膜を揺らす音に気づいた。

「今の……、悲鳴？　もしかして、リーテ！」

甲高く響く声音は、聞き慣れたリーテの哀願のよう。うろ覚えの狩り小屋を捜すより、イザベラは声を頼りにリーテを捜す道を選んだ。

下草が伸びた雑木林から、太い木々の根が隆起した森へと入り込む。もう別荘の方向さえ分からなくなったイザベラだが、振り返らず声のする先を探って足を動かし続けた。

ふと顔を上げると、木々の向こうに走りすぎる人影を見つける。乱れ靡く金髪の人影と、大柄な人影は、瞬く間に見えなくなった。

「……！　リーテ、リーテでしょ！」

イザベラの呼びかけに気づかず、走りすぎた二人の人影だったが、森の中を走る足音と装飾品がぶつかる金属音ははっきりと聞こえていた。

乱れ跳ねる息を大きく吸い込み、イザベラは入り組んだ木の根を跨ぎこして走り出した。行く手には、細い枝が人の顔や肩の高さで折れている。

走るために薙ぎ払っただろう折れた枝を目印に、イザベラは森を突き進んだ。行く先で激しく灌木を揺らす音を聞き、リーテとドーンが近いことを確信する。

言い争うらしい声も聞こえ出し、近づくほどに言葉が明瞭になった。

「どうして言うことを聞かないんだ！　君のために言ってるのに——！」

「いやぁ……！　放して、やめて！」

リーテの叫びに、イザベラは目の前の灌木を飛び越えた。

「リーテ！　大丈——っ」

灌木を越えた先の、開けた木々の間で、ドーンに手首を掴まれたリーテがいた。イザベラが駆け寄ろうとした途端、息を荒げて目を血走らせたドーンが片手を振り上げる。

「言うことを聞けと言ってるんだ！　いい加減にしろ！」

言うと同時に、リーテの頰にドーンの平手打ちが放たれた。細い体は衝撃で木の根元に投げ出される。ドーンはもう一度手を振り上げて、倒れたリーテに覆い被さった。

「リーテから離れなさい、この馬鹿！」

頭に血が上り、一瞬でイザベラの思考は沸騰した。叫ぶと同時に身を固め、肩と腕でドミニクへ渾身の体当たりを食らわせる。

不意打ちと不安定な体勢により、ドーンは無様に土の上を転がった。イザベラはドーンに一瞥もくれず、倒れ込んだリーテの横に座り込む。

「リーテ、リーテ！　しっかりして。大丈夫……、なわけないわよね。でも、もう大丈夫よ！」

「イザベラ……？」

抱き起こしたリーテは目を見開き、次いでイザベラの胸元を引き掴んで大きく震えた。

「イザベラ、イザベラ……！」

縋り泣くリーテの左頰は、見る間に赤く色を変えていく。イザベラは悔しさと怒りで滲みそうになる涙を堪え、リーテを抱き締めた。

「怖かったでしょ、痛いわよね。ごめんね、今度はちゃんと守るから……！」

自責の念を口にして、イザベラの胸に激しい後悔が広がる。自分がドーンと婚約などしなければ、いっそ婚約者さえ違えば、こんなことにはならなかったはずだ。

低い唸りが聞こえ、イザベラはドーンに顔を向ける。苔や葉っぱを頭につけて起き上がったドーンの目は、爛々と滾っていた。

「何度も、何度も、何度も……邪魔ばかり！　あぁぁああ、いい加減にしろよ。いったい何処まで他人を馬鹿にする気だ！」

理性を手放したとしか思えない形相のドーンは、腰の装飾品をがちゃつかせながら吼えた。焦点を失った目でイザベラを捉えると、訳の分からない雑言を吐いて立ち上がる。躊躇なく拳を振り上げたドーンは、イザベラに迫った。

怯え竦んだリーテを抱えて逃げるほどの腕力はない。イザベラは咄嗟にリーテを抱き込んで、ドーンに背を向けた。

次の瞬間、背中に強烈な殴打を受け息が詰まる。骨が軋み、遅れて痛みと熱が広がった。

「やめてぇぇええ！　きゃぁぁあああ！」

イザベラの腕の中で、リーテは悲鳴を上げる。ドーンも罵詈を吐き散らし、イザベラを引き離そうと乱暴に肩を掴んだ。二つの叫びに挟まれたイザベラは、苦痛に耐えて歯を食い縛った。

今痛みに力を抜けば、またリーテをドーンに奪われてしまう。それだけは避けなければ。

不意に、横合いから灌木を踏み越える騒音が立ち、複数の足音が迫る。

「そこか、ベラ！　……っ」

悲鳴を聞いて駆けつけたフリッツが息を飲んだ気配に、イザベラは目を上げた。

「その汚い手をベラから放せ、ドミニク！」

荒い足音と共に、フリッツの怒声が放たれる。遅れて、鞘走るような金属音がした。

ドーンの手が肩から離れ、イザベラは高まる緊張を肌に感じて首を巡らせる。

白刃を抜いたフリッツは、真っ直ぐドーンに切っ先を突きつけていた。

「お前は、あの夜の……っ。次から次へと、僕の邪魔をする奴ばかりが……！」

苦々しげに吐き捨てたドーンも、柄を握り剣を引き抜く。互いに切っ先を突きつけあったまま間合いを取り、靴底を滑らせて少しずつ横へと動いた。

イザベラとリーテに被害が及ばない位置取りを見計らい、フリッツは大きく踏み込む。

「馬鹿め……！　隙だらけだ！」

すぐさま剣を振り下ろすドーンに、フリッツは冷笑した。

「どっちが……」

身を翻して振り下ろされる剣を避けたフリッツは、回転の勢いを乗せた刃を横薙ぎに振るう。

焦ったドーンは、乱暴に剣を振り上げフリッツを牽制した。

からくも一撃をかわしたかに見えたドーンだったが、力任せに払われる剣先を見送ったフリッツは冷静だ。横に払った腕のために、ドーンは胸が開いて懐ががら空きになる。

隙を誘ったフリッツはドーンと距離を詰め、胸を上から斬りつけるかに思えた。

けれどフリッツは刃を上に向けたまま、柄でドーンの胸を強打する。

鈍い打音と共に、ドーンは声も出せず崩れ落ちた。倒れたドーンの手から剣を蹴り飛ばしたフリッツは、慣れた動作で自身の刃を鞘に納める。

背後へ指を振るったフリッツに応じ、別荘の使用人が荒縄を手にドーンを取り囲む。

ドーンに背を向けたフリッツは、厳しい面持ちで近づいてきた。イザベラは怪我を心配して、リーテを抱いていないほうの手をフリッツへと差し伸べる。

途端に、フリッツは眼前で膝を突くと、イザベラの手を両手で握り額に押し当てた。

「どうして……っ、一人で行ってしまうんだ、ベラ。…………心臓が、潰れるかと思った」

苦しそうに吐き出される声音は、震えていた。

目の前で果敢に剣を振るい勝利を収めたフリッツは、危機に現れ、惜しみなく力を奮い助けてくれた。まるでお伽噺の一場面のように。

けれどフリッツはお伽噺ではなく、確かに目の前にいて微かに肩を震わせている。強いけれど決して完璧ではないフリッツを前に、イザベラの胸中で一つの願望が浮かび上がった。

誰よりも近くにいて欲しい。

見えないフリッツの顔が見たくて、身を寄せようと動いたイザベラは、背中に走る痛みに体を強張らせた。ドーンに殴られた箇所が熱を帯び、腕まで痛みを走らせる。

イザベラの苦しみように、フリッツはそっと摑んでいた手を放し悔しそうに顔を顰めた。

「ベラ、ごめん……。もっと早く来ていれば。家のつき合いなんて放っておいて、ベラの傍にいれば良かった。そうすれば、怪我をする前に助けられたかもしれないのに………」

「なんでフリッツが謝るのよ。ちゃんと助けてくれたじゃない」

フリッツの苦しそうな顔が見たいわけではない。努めて明るく言いながら、イザベラは放された手がもの寂しく感じてしまう。

イザベラの心を読んだかのように、フリッツは走って乱れたイザベラの髪を優しく撫でた。

「違うんだ……。怪我をするような、無理をさせたいわけじゃないんだ。ベラが無理をしないように、手助けしたいんだよ。泣き虫だった幼馴染みじゃ頼りないかもしれないけど、俺はベラを守りたいんだ」

哀願するように漏らされるフリッツの言葉は、イザベラに聞かせると言うよりも、自らを責めるよう。イザベラは苦しくなる胸を押さえて口を開いた。

「あたし、ちゃんとフリッツを頼りにしてるわよ。だから何も考えずに飛び出せたの。それに、フリッツはもう泣き虫なんかじゃないでしょ。こうしてあたしを助けてくれたわ」

目を瞠ったフリッツは、ふと苦笑を噛むとまた手を伸ばした。

「ベラは優しいな……。いつでも俺が欲しい言葉をくれる」

額から零れ落ちたイザベラの髪を掬い上げたフリッツは、何よりも優しくイザベラの頬に触れ、汚れを拭い取った。何処か労わるような指先の動きに、イザベラの頬は熱くなる。

不意に、胸元で衣擦れの音が立った。

フリッツと同時に下を見たイザベラは、縋りついていたリーテが顔を上げたことに気づく。

張られた左頬は赤く腫れあがり、リーテの口元を圧迫するほどになっていた。

「……大変だ。すぐに手当てしないと。ベラ、立──」

フリッツが助け起こそうと動いた途端、リーテはイザベラも怯むほどの金切り声を上げた。

「いぃやぁぁああ！　きゃぁぁぁああ！」

全身全霊で叫ぶリーテは、フリッツから身を隠すようにイザベラの胸へとしがみつく。

叫び声に引き寄せられるように、義父が息を切らせて姿を現した。

「おぉ……、リーテ！　リーテ、ど、どうしたんだい。無事なのか！」

義父はすぐさま愛娘に駆け寄った。同時に、しがみつくリーテの叫びと摑む力が強くなり、イザベラは片手で義父を制す。

「待ってお義父さま。……フリッツ、一度離れて。もしかしたら、リーテ男の人が怖いのかも」

フリッツが義父の隣まで引くと、リーテの叫びは小さくなる。それでも、恐怖に身を震わせたままイザベラから離れる気配はない。

リーテを泣きそうな顔で見つめた義父は、一度目を閉じると、眦を裂いてドーンを睨みつけた。荒縄で捕縛されたドーンは、周囲の使用人に無礼者と叱声を放って抵抗していた。

「な、なんだこれは！　いったい、何が……？」

母の先導で現れたヘングスター男爵は、顎が外れんばかりに驚愕の声を上げた。夫人もヘングスター男爵の後ろで言葉を失くす。母だけが、裾を掴み上げてイザベラへと駆け寄った。

「イザベラ、大丈夫？　アシュトリーテさんは、無事なの？」

腰を下ろした母に、リーテの拒否反応はない。怪我の具合を母と確認し合っていると、突如ヘングスター男爵夫人が身を震わせて叫びをあげた。

「あぁ、なんてことでしょう！　うちの、うちの……あぁ………！」

今度は何を言われるかとイザベラは身構えたが、夫人の視線の先にはドーンがいた。

「なんて野蛮なことを……！　醜い妄執を書き連ねるだけでは飽き足らず、婦女子に乱暴を働き、あまつさえ見苦しく喚くだなんて……っ。そんな野卑な子、ヘングスター男爵家には相応しくない。あたくしの息子じゃありません！」

金切り声を上げて拒絶する夫人に、ドーンはうるさいと罵声を浴びせた。

「黙れ、ドミニク！　わしもこれ以上、お前を庇うことはできないからな。わしの言いつけを破ってこのありさま。相応の罰を覚悟しろ！」

泣き出す夫人を支え、ヘングスター男爵は怒鳴る。硬い表情の義父は、旧友に念を押した。

「こちらも、これだけのことをされては我慢ならん。ご子息の処罰についてはお任せするつもりだが、理に合わない罰であるなら、口を挟ませてもらう」

義父の怒りの深さを前に、ヘングスター男爵は頷いた。

「わしの不始末だ、すまない。君が納得するよう、厳罰をもって当たろう」

「厳罰だと！　僕こそがヘングスター男爵家の跡取りだぞ。何を言っているんだ！」

唾を飛ばして反発するドーンに一瞥を向けると、ヘングスター男爵は義父に使用人を借り、喚き騒ぐドーンを連行していった。

「イザベラ、立てる？　手当てをしなければいけないわ。別荘へ戻りましょう」

母はしがみついて離れないリーテを立たせ、イザベラの歩行を助けた。

手出しのできない義父は、泣きそうに顔を顰めて痛ましいと繰り返す。

「あぁ、リーテ！　イザベラも、二度とこんなことがないよう使用人の意識を徹底させよう！」

声を震わす義父に、イザベラは制止の声を向けた。

「お義父さま、このことは内密にしたほうがいいと思うの。リーテの名に傷がついてしまうわ」

未遂とは言え、男性に襲われたと知られれば、穢れた女と見なされてしまうのが貴族の習わしだ。夜会で一夜の恋人と不埒な遊びを習慣にする者もいるが、処女性は貴族の嫁選びでは重要な項目でもあった。

一方的な被害者であるリーテが、これ以上の害を被るのは避けるべきだ。

「そ、そうだな……。よし、皆。このことは一切口外してはならん！」

捜索に加わった使用人たちは、義父の命令に硬い表情で頷く。

「ほら、リーテ。足元危ないからちゃんと立ちなさい。すぐ戻って顔冷やさなきゃ。こんな怪我、さっさと治すわよ！　嫌な思い出ごとさっさと消しちゃいましょ！」

自身を鼓舞するように、イザベラは先頭に立って歩き始めた。

六章　歩き出すための靴

ドーンの一件から十日。ようやく平穏が訪れたかに思えたフェルローレン男爵の別荘には、大人数がひしめく喧騒が溢れ返っていた。

玄関広間には別荘の椅子という椅子が集められ、応接室に収容すべき客人が入りきらずに玄関広間にまで溢れている。その数、約二十人。伴う従者はさらに倍。

玄関広間を応接室と挟んである談話室で、イザベラは母と妹と額を寄せ合って嘆息する。

「……どうしろってのよ、これ？」

三人が座る椅子の真ん中には、上質な布を張った台座に、片方だけの靴が鎮座していた。硝子で飾られた女物の靴は、光を受けて七色の輝きを放っている。

イザベラは片足を脱ぎ台座の上へと持ち上げた。抵抗なくイザベラを受け入れた靴は、踵から爪先まで余分な隙間などない。土踏まずにも歪曲した靴底が吸いつくようにはまっている。

「まぁ……、まるで誂えたようにぴったり」

イザベラによく似た顔で半眼になり、母は嘆息と共に冗談を吐いた。

「当たり前よ、誂えたんだから。本邸で採寸した時、お母さんもヴィヴィもいたじゃない」

肩を落とすイザベラに、ヴィヴィは投げやりに言った。

「てか、王子さま大雑把すぎ。この靴を履ける娘見つけて連れてこいとか、マジ無茶すぎるって。こんな靴一個で自分の嫁捜すとかありえなぁい」

不敬罪で捕まりそうな物言いながら、ヴィヴィの意見にイザベラは大きく頷いた。

「本当よ、とんでもないこと考えるものね。靴一つ運ぶために、あれだけの廷臣動かすなんて」

玄関広間で時間を潰すのは、国王の廷臣たちだ。第二王子エリックの命令で、謎の美姫を捜すべく手がかりである靴を掲げて貴族の別荘を練り歩いているのだ。

上流貴族で構成された廷臣に粗相があってはと、義父も使用人も緊張を漲らせ接客の最中だ。

そんな喧騒を隔てて不満を漏らす娘に、母は静かに言い聞かせた。

「あの廷臣方は、アシュトリーテさんを舞踏会で見ているのではないかしら？　靴に合っても明らかに特徴の違う娘を王子に引き合わせないため、いらっしゃってるのよ」

向こうも仕事、と母は娘の足にはまった靴を見下ろした。

本当の問題は、廷臣が押し寄せたことでも、靴が実はイザベラの物である事実でもない。

「もう、さぁ。本当にリーテ見た廷臣がいるなら、部屋から引っ張り出せばいいんじゃね？」

悩むだけ馬鹿らしいと言い出すヴィヴィに、それができればとイザベラは母と共に嘆息する。

「……駄目よ。リーテが王子さまとの関係に何か足踏みする理由があるなら、本人の気持ちを無視するなんてできないわ。王子と男爵家の娘なんて、リーテに拒否権ないじゃない」

「特に今は、厨房にも行かずに部屋に閉じこもったままですもの。無理強いはいけないわ」

イザベラと母の諌めに、ヴィヴィは背もたれに身を預けた。

「めんどくさ。廷臣が男ばっかりなのも、状況悪化させるしかないしねぇ……」

面倒だと言いながら考えるらしいヴィヴィの呟きに、イザベラは頷く。

ドーンに襲われた日から、リーテは私室を出ようとはしなくなった。ひどく怯え、二日前までは実の父親でさえ拒否するありさま。

顔の腫れが引くと共に、落ち着きを取り戻していた矢先に、廷臣が前触れもなくやってきたのだ。隣が早めに終わったついでに寄ったと言って。

それぞれが黙考し、重い空気が広くもない談話室を満たす。

「フリッツがいてくれたらなぁ……」

思わず零れたイザベラの呟きに、ヴィヴィは息を飲み、母は口を覆った。

大げさな反応にイザベラが眉を顰めれば、ヴィヴィは胡乱な表情になる。

「いや、ベラが誰か頼るなんて珍しいじゃん。それ、どういう心境の変化？」

「そう？　フリッツならいい案出してくれると思っただけよ」

何も変わったつもりはない。そう答えるイザベラを見つめ、母は感慨深く吐息した。

「娘だからって逸らせるつもりはなかったけれど。もうそんな年頃なのね……」

母とヴィヴィは互いににしたり顔で頷き合う。漂う疎外感に、イザベラは話を本筋に戻した。

「いない相手を頼ってもしょうがないわ。今はリーテをどうするかよ」

「廷臣が顔見ればわかるなら、やっぱりあの縺れ髪を掻き上げたほうが早いって」

リーテを私室から出そうと再度提案するヴィヴィに、母は首を横に振った。唇を突き出すヴィヴィは、ふと意地の悪い笑みをイザベラへ向けた。

「てか、ベラがこれあたしのって名乗り出たら、王子さまどうするんだろね」

廷臣が見てもイザベラと美姫では髪の色も体格も違う。だと言うのに足の形は似ていて、リーテが城から別荘までを疾走しても靴が脱げなかったほどだ。

「まぁ、もう片方持ってるのはあたしだしね。靴の持ち主ってんなら、そうね」

名乗り出る資格は、あるにはある。答えの出ない煩悶に飽きて、イザベラもヴィヴィの軽口に乗った。片手には、硝子の靴のもう片方を取り出す。

「王子さま、靴に合う娘の中から妻を選ぶって言ってるなら、ベラ、お妃さまになれるじゃん」

言って似合わないと笑い出すヴィヴィに、イザベラは顎を反らして応戦する。久しぶりに妹と腰を据えて話せる機会に、楽しくなってきていた。

「あら、地位も名誉も財産も手に入れられるあたしに、そんな口をきいていいと思ってるの？」

「あははは！　実の妹じゃん。お零れくらいくれたっていいでしょ、けち！」

「まぁ、未来の王妃になんて口のきき方！　ふん、今の内に媚びておかないと後がひどいわよ！」

悪役が似合うと笑い転げるヴィヴィの陽気さに、母も笑声を漏らした。

「娘たち、よくお聞きなさい。あなたたちは私のように結婚に失敗しないことね」

かつての夫を引き合いに出して冗談を言う母に、イザベラとヴィヴィは目を見交わす。家庭内暴力で笑う余裕のなかった母とは、見違えるほど柔らかな表情をするようになっていた。

そんな顔をさせてくれる義父のためにも、リーテに無理強いはしたくないが、本当にこのままリーテが王子に会えなくていいのかがわからない。

ヴィヴィの言う通り、リーテをどうにかしなければ答えが出ないことはもうわかっていた。

「……さすがに顔が違いすぎるわよ。ま、靴ならどうにでもなるけどね」

思わぬ形で戻ってきた硝子の靴から足を抜いたイザベラに、ヴィヴィはせせら笑いを向けた。

「確かにリーテ顔は綺麗だけど、あの性格じゃベラのほうがましっしょ。わがままで甘えたで、言いつけ一つも満足に果たせもしないんだもんねぇ」

せせら笑いで冗談として腐すヴィヴィに、イザベラは呆れながらも応じて口を開いた。

「ま、やっぱり人間顔より中身よね。靴なんて、いくらでも履けるんだし。こんな風に」

もう一度台座の靴を履こうと足を上げた途端、イザベラは台座の角に指先を打ちつけた。目測を誤り、布の張ってない鋭利な木の角で打ったせいか、衝撃と同時に痺れが襲う。

イザベラは傷を確かめようと動き、今度は台座から飛び出した釘に足を擦りつけてしまう。絹の靴下は緩んだ釘に引っかかり、瞬く間に破れてしまった。

「あぁ……！　やだ、どうしよう。しかも足の感覚なくなってる」

「ぷ、あははは！　ベラ、間抜けすぎ！」

「笑いごとじゃないわよ、ヴィクトリア。イザベラ、足は切れた？」

母が案じて足を覗き込もうとした時、談話室に茶器のぶつかる音が響いた。

首を巡らせれば、談話室奥の使用人用出入り口にケーテが目を瞠って立ち竦んでいる。

ケーテの姿を見止めた母は、厳しい面持ちで問いを向けた。

「ケーテ、一人で行動しないよう言いつけられていたのではなくて？　他の者はどうしたの？」

抑揚の少ない冷えた声音に、ケーテは思い出したように、手にした盆を差し出した。

「そ、その……、廷臣方のお世話に忙しく、私が、奥さまたちにお茶を」

しどろもどろに言い淀むケーテは、ドーンの一件から単独行動を禁止されている。本来ならすぐに解雇すべきなのだが、ドーンに騙されていたという点と、繁忙期で他に使用人を雇う当てがないために情状酌量の余地ありと、雇用の継続がなされていた。

「そう、そのまま厨房へ戻りなさい。廷臣方のお世話は他に任せて、あなたは出ないように」

「は、はぁ……。承知、いたしました」

母の言いつけにも生返事で、焦りながら談話室を後にするケーテに、ヴィヴィは目を眇めた。

「なぁんか、また勘違いしてそうな感じ」

茶器の載った盆を運んできた母は、そうだろうかと頬に手を添える。

「釘は刺してみたけれど、今は廷臣方もいらっしゃるのよ。悪目立ちする真似はしないのではない？　それに、二度も同じ失敗をするほど馬鹿ではないと思いたいわね」

ケーテは仕事に対してはとても真面目なのだ。罰則として面倒な食器磨きを命じられてから、食器には一点の曇りもなくなっている。だからこそ、残留を他の使用人からも求められた。

「うぅん、力量はあるのよね。でも、勘違いっていう悪癖もあるのよ」

悪癖さえなければ、とイザベラは呟きつつ足元に視線を落とす。痺れが取れると、火に当てたような熱と沁みるような痛みを感じ始めていた。

見れば、絹の靴下は赤く染まり、靴下の破れ目からは折れ曲がった爪が飛び出している。

イザベラは足の先から垂れそうになる血を手で押さえ、談話室の絨毯を汚すことは回避した。

「ちょっ、ベラ……！　すごい血！」

気づいたヴィヴィは椅子から飛び上がって声を荒げる。母は素早くハンカチを渡した。

椅子の端に踵を乗せたイザベラは、膝を深く折って母のハンカチで血を拭う。足に広がる熱は今や、拍動に合わせて刺すような痛みを伝えていた。

「爪が割れてるのもそうだけど、深い引っ掻き傷ができてるわよ、イザベラ」

「たぶん、この台座の釘に引っかけたんだと思う」

「足の皮膚は薄いから、血管を傷つけたみたいね。血が止まらないわ」

瞬く間に赤くなるハンカチを捲って、母は傷の具合を確かめる。

「ちょうど、男性はいないことだし。ヴィクトリア、イザベラに替えの靴下を持ってきなさい。それと爪切り鋏。――イザベラ、この靴下は破いてしまうわよ。いいわね？」

「うん。爪引っかけて剝がれたら痛いしね」

母の提案にイザベラが頷けば、動こうとしていたヴィヴィは身を震わせた。

「やめてよ！　もう、痛いの想像しちゃったじゃん！」

文句を言いつつ、ヴィヴィは奥の扉に手をかける。ノブを回す音が二つした気がしてイザベラが首を捻ると、玄関広間へ続く扉が激しく開かれた。

我勝ちに談話室へ雪崩れ込むのは、接客されていたはずの廷臣たち。

「え、え……っ。な、何、何、えぇぇえぇ？」

目を見開き、歯を食い縛った必死の形相に、イザベラは疑問符しか浮かばない。

「イザベラ、足……っ」

母の叱声に慌てて捲り上げていた裾を下ろす。同時に、もう片方の靴もドレスの中に隠し込んだ。廷臣はイザベラの足元へと身を投げ出して転がり込む。

床から立ち上がった胸には、靴と台座を抱え込んでいた。息を荒げた廷臣は唾を飛ばす。

「いったい、何をしていたんだ！　どういうつもりだ！」

「何って……」

いっそ、今目の前で起こったできごとはなんだったのかと、イザベラは聞きたかった。答えが返らないことに苛立ったのか、無理矢理この靴を履くつもりだったのか！　愚か者！」

「足を切って、廷臣は目を血走らせて叫んだ。

「えぇ……っ？」

何処からそんな猟奇的な発想が出るのか。イザベラは母と顔を見合わせ、裾から足先を出す。

真っ赤に染まったハンカチに包まれた足は、ちゃんと見れば爪が剝がれているとわかるはずだ。

「もしかして、これのことですか？　これは——」

イザベラが説明しようとすると、足の遅い義父が人垣を掻き分け辿り着く。

「ひぃ……、ふぅ………。イザベラ、足をどう——」

したんだ、と覗き込んだ義父の顔は、瞬く間に白くなった。

「お義父さま？　どうしたの、お顔が——」

あまりの変色に声をかければ、義父は足元の血塗れたハンカチを凝視して、瞬きもしない。

「ち……血ぃぃいい！　ふぅ………」

「あなた！　あなた、しっかりなさって！」

叫んだ途端、真後ろに倒れる義父を、母は危うく抱き込んで床に膝を突く。義父はあまりの
血の量に驚き、失神してしまったようだ。

「大変……！　血って、これのこと？」

イザベラは慌てて自身のハンカチも使い傷を覆うが、血は新たに湧きハンカチを染めていく。

「こら、説明しないか！　お前たち！」

靴を台座ごと抱き込んだ廷臣の叱声に、ヴィヴィが鼻を鳴らした。

「足ぶつけて爪剝がれただけだし。その台座の釘が飛び出てて引っかけたせいもあるっての。いきなり入ってくるとか訳わかんない」

無礼な行いを非難するヴィヴィの半眼に、廷臣は赫怒した。

倒れてしまった義父と不遜な妹を案じて首を巡らせるイザベラは、談話室の狭さに辟易する。椅子の上で足を折り小さくなりながらも、あらぬ嫌疑をかけられた事態だけは理解した。

口々に喋る人々の喧騒の中、一人沈黙を守っていたイザベラは、ノブが回る音を捉える。顔を上げた視線の先で、談話室奥の出入り口が勢い良く開いた。

現れたのは、顔を紅潮させたケーテ。よほど急いだのか、頭巾から髪を額に零した格好で、鼻息も荒く談話室に踏み込む。休まず息を吸い込むと、興奮で上ずった声が響いた。

「皆さま、お待ちください！　屋敷にはご息女がもう一人いらっしゃいます。どうか、この方にも靴を！」

宣言するケーテは、片腕にしっかり捕まえたリーテを廷臣の前に引っ張り出した。ほつれた髪、汚れた服、水仕事で荒れた手。どう見ても、使用人の娘でしかない姿のままで。

私室に籠っていながら、リーテは相変わらずドレスよりも使用人の服を好んで着ていたのだ。深く俯いて声も出さないリーテを見ると、廷臣の中からは失笑が湧いた。

「何かと思えば……。使用人を連れてきて何を言い出すんだ」

悪ふざけにしてもできが悪いと、廷臣は冷ややかだった。思わぬ嘲りに憤ったケーテは、リーテの顔にかかる髪を問答無用で持ち上げる。

現れたのは、汚れていても粗衣を纏っていても衰えない、輝かんばかりの美貌。

「お……っ！　こ、これは………」

嘲笑していた廷臣が唸れば、別の廷臣はリーテに距離を詰めて凝視する。

「よくその顔を見せてみなさい！　おぉ、謎の美姫になんと似ている！」

近づく廷臣から顔を背けるリーテを、ケーテは無理矢理台座を持つ廷臣の下へと押した。

目の前を通る瞬間、イザベラはケーテに睨まれる。攻撃的で険のある視線を向けられる謂れは思いつかない。それよりも、リーテのためにはケーテを止めるべきかどうかを決められず、イザベラは動けなくなっていた。

リーテが目の前に来ると、廷臣は抱えていた台座を恭しく床に置く。応じて周囲はリーテから一歩後ろに引き、円形の空間を作った。

幾つもの視線に囲まれ、辺りを見回すリーテに、廷臣たちは口や手で靴を履くよう促す。

萎縮したリーテの様子に、迷っている暇はないとイザベラは心を決めた。いきなり見知らぬ男の中に引き出されてどれほど不安か。イザベラは痛む足を押して立ち上がろうとした。

同時に、リーテは足元の靴へと爪先を持ち上げる。

するりと入った白い足に、廷臣は沸いた。誰も、土踏まずから親指にかけて隙間があることには見ないふり。それでもどよめきと歓喜の声が、男爵家別荘を大きく揺るがすようだった。

「まさか本当にこんなやり方で見つかるとは！　おぉ、神よ！」

驚き喜ぶ廷臣は、大雑把な花嫁探しを自覚していたようだ。

「私が、私がアシュトリーテさまをお連れしたんですよ！」

廷臣と同じように興奮するケーテは、自らの功を喧伝するように騒いでいた。

隣同士で抱き合い、湖を一周半したと苦労を語り合う廷臣たち。

椅子の上で身動きの取れないイザベラは、必死に一番いい解決策を考えていた。ふと足元に目を向けると、騒ぐ廷臣の目を盗み、リーテが四つん這いになって近寄ってくる。

「リーテ、このお馬鹿。そんなことしないの。はしたないでしょ」

「でも、こうしないと見つかるし。動けないし」

「そうだけど……。せめて、足二本でしゃがみなさい」

従うリーテは、椅子の端に置いたイザベラの手に手を重ねてきた。

「……知らない人ばかり。どうしてこんなことになってるの？　怖い……」

やはりかと嘆息しながらも、イザベラは言い聞かせるように口を開く。

「リーテ、こうなったら覚悟を決めるしかないわよ。もうドーンはいないの。大丈夫。――だから、ちゃんと王子さまと向き合いなさい。これだけ捜してくださってるのよ。応えなきゃ」

首を横に振るリーテの手に、隠していたもう片方の靴を押しつけた。

「もう誤魔化しは利かないの。あんたは男爵令嬢なんだから、そんな格好してるほうがおかしいのよ。これを履いて、似合うドレスを着て、王子さまに会いに行かなきゃ」

王子という言葉に、リーテの瞳が揺れる。だが、口から出たのは拒絶だった。

「似合わなくていいよ。だって豆剝きも床磨きもできないんでしょ？　そんな生活つまらない」

なおも覚悟ができず拒否するリーテは、靴をイザベラの手に押し返す。

「何言ってるの……っ。じゃあ、なんでその靴履いたのよ？」

「だって、みんながそうしろって言うから……」

流されただけだと言う。考えなしで行動したリーテの甘さに、イザベラは脱力してしまう。

「王子さまに会いたいんでしょ？　だったら、そのまま流されちゃいなさい」

もう一度靴を押しつければ、嫌々とリーテは受け取りを拒む。

押して、押し返されて、廷臣たちの視界の外で、イザベラとリーテはもう片方の硝子の靴を押しつけ合った。受け取れと無言の圧力をかけるイザベラに、リーテは涙目になって拒否する。

椅子の陰に隠れての攻防に、ただ一人気づく者がいた。

「何なさってるんですか、イザベラさま！」

突然の怒声に、イザベラのみならずリーテも手を緩め、硝子の靴が絨毯の上に転がり落ちる。

「アシュトリーテさまが嫌がってるじゃないですか！　やめてください！」

床からリーテを引き立たせ、ケーテは仇でも見るように睨み下ろしてきた。

ケーテは絨毯の上に転がる煌めきに目を向けると、リーテの足元を確かめる。蛙のような体勢で床へと飛びついたケーテは、靴の片割れを握り込んで、勝ち誇った満面の笑みを浮かべた。

「皆さま見てください！　アシュトリーテさまが靴のもう片方をお持ちです！」

ケーテが頭上に硝子の靴を掲げれば、廷臣はこぞって本物か確かめようと使用人を取り巻く。

「どうしよう……。あれ、わたしのじゃないのに。イザベラ、どうしたらいい？」

またも床に座り込むリーテに、イザベラは処置なしと首を横に振った。

「靴、イザベラのだって言ったら、諦めてくれないかな？」

「お馬鹿。捜してるのは王子さまの想い人でしょ。リーテに間違いないんだから、靴があたしのでも諦めるわけないじゃない」

小声で会話を交わしていると、廷臣を掻き分けたケーテが硝子の靴をリーテに突きつける。

「さぁ、アシュトリーテさま！　お靴をどうぞ！」

もう片方も履くように、ケーテのみならず廷臣やその従者まで口々に勧めた。

救いを求め向けられるリーテの潤んだ目から顔を逸らし、イザベラは素知らぬふりを貫く。

靴を履く気配のなさに横目で覗うと、リーテは青い顔をして俯いていた。

思い返して辺りを見回せば、右も左も男ばかり。

今にも森での狂乱を思い出し叫びそうなリーテの緊張を察して、イザベラは腰を浮かした。

「うぅ……。私は、いったい？」

「あなた！　大丈夫ですか？」

義父が起き上がった途端、廷臣はフェルローレン男爵へと注意を向ける。

失神している間のあらましを母が耳打ちすると、義父はケーテに対し口を開きかけた。

「フェルローレン男爵！　あなたという人は！」

「どうして我々が来るまで、一度も名乗り出なかったのですか！」

ケーテの独断を叱責する前に、廷臣は口々に不満を吐いて義父を取り巻く。

「言ってくだされば然るべく殿下にご紹介し、こんな手間もなかったものを！」

身分も階級も上の廷臣に責められ、義父はあたふたと言い訳を口にした。

「む、娘は社交界にも出ていない子供でして。十四歳なのです。名乗り出るなどまさか……」

人前に出せないような子供を王子の嫁にはできないと、尤もらしい言いよう。

「最初に私は、娘全員を呼んで靴を履かせるよう言ったはずだ！」

「そのとおり。これは殿下のご意向でもあるんですぞ！」

食ってかかるのは、フリッツが娘を王子にと狙っていると説明した公爵や伯爵だった。

「そ、それは、なにぶん急なお越しでしたので、えぇ、人前に出られる格好ではなく――」

「準備ができましたら、すぐに王子さまのご命令に従う心積もりでしたわ」

大量の汗を掻き、舌の回らなくなった男爵の後を受け、母が意向に背くつもりはなかったと冷静な声音で取りつくろう。

「それに、私どもの家格を思えば、王子さまが望まれたとて、どうして皆さまのようなお家を蔑ろにして、娘がそうですと言えるでしょう？　おこがましい」

母が下手に出れば、腹立たしげに娘を売り込み損ねた廷臣は鼻を鳴らした。

「どの娘を選ぶかは、家格ではなく殿下のご意思のみ。そう……、国王陛下並びに王妃陛下がお決めになったのだ」

台座を抱えた廷臣は、注目を集めるために咳払いを二回する。

「そのとおり。そして殿下はこの靴を履いて、舞踏会に現れた謎の美姫を妻にと望み捜しておられた。――そして謎の美姫は、そなたの娘であった。靴は確かに入る。その上、謎の美姫しか持ち得ない、もう片方の靴まで持っていた。これは、誰も文句のつけようのない事実！」

「そのとおり！」

廷臣は声を揃え決定事項を共有する。娘を王子にと望んだ廷臣も、不承ぶしょう賛同した。

「ここに、えぇ、アシュトリーテ？　うむ。――フェルローレン男爵令嬢アシュトリーテを、第二王子エリック殿下の婚約者として我々は城へお連れする！」

「さぁ、早く！　殿下がお待ちかねだ」

廷臣たちは揃ってリーテを顧みた。総毛立つ義妹と共に、イザベラも成り行きに慌てた。

「お、お待ちください！」

力みすぎて裏返る声をつくろうこともできず、イザベラは制止の声を上げる。

「ならぬ。王子殿下のご意向に背く気か!」

廷臣の叱声に、尻込みしそうになる気持ちを奮い、イザベラはもう一度待ってくれと願った。

「身支度を……、そう身支度を! このような姿でお城に上げるわけには参りません。どうか、この子が身支度するお時間をください!」

イザベラの訴えに、廷臣は改めてリーテを眺める。着ているのはどう見ても使い古した使用人の服。白い顔は血色良く、澄んだ瞳の色も美しいが、縺れた髪が美貌を損ねてしまっている。

「ふむ……、確かに。男爵、何故娘にこのような格好をさせているのだ?」

家事が趣味で、とは言えず。義父が口ごもると、母は今日だけだと答えた。

「少々の粗相をしましたので、自ら片づけるよう言いつけました。服が汚れてはいけないと、使用人の服を着せていたのです」

普段の垢まみれなら、できなかった言い訳。怪我にかこつけ顔を洗わせていた甲斐があった。

「なるほど、よし! では急ぎ身支度を済ませよ!」

「はい……! さ、行くわよ、リーテ。――痛っ」

勢い込んで立ち上がろうとしたイザベラは、足の痛みに顔を歪める。なんとか立てはしたものの、靴を履くには剝がれた爪が邪魔だった。

「あ、ベラ。なんだ立てんの?」

寄って来たヴィヴィは、ケーテが乗り込んできた後から姿が見えなかった。片手には替えの靴下と、爪切り鋏が握られている。

「いいや、リーテも靴両方脱いじゃえ。ほら、待たせちゃだめじゃん。ベラも早く靴脱いで」

左右違う靴を履いたリーテと共に、怪我をしたイザベラも裸足になるようヴィヴィは促す。

「ごめん、リーテ肩貸して。ちょっと歩きにくいから」

「いいけど、でも……イザベラ。わたし、準備なんて……」

まだ城へ上がる決心のつかないリーテの腕を、ヴィヴィは組むように摑んで先を急がせた。傍から見ればリーテを連行しているような形で、談話室奥の出入り口から廊下へ向かう。

「ベラ、まずその足どうにかしてからにしたほうがいいっしょ」

「そうね、あまりお待たせするわけにはいかないし……。よし、あたしの部屋で準備しましょ」

ドレスも道具も全て揃っていると、イザベラは足を引き摺り二階を目指した。

「お、お待ちください。私もお手伝いをいたします！」

談話室から飛び出してきたケーテは、未だに硝子の靴を胸に抱えていた。

「大丈夫よ。それより、お客さまを談話室から誘導するよう使用人頭に伝えてちょうだい」

指示を出して急ごうとするイザベラに、ケーテは必死の様子で言い募った。

「いえ、それは使用人頭が自らなさいます。私はアシュトリーテさまのお手伝いを！　なんなら、私だけでお支度を手伝いますので、お嬢さま方はお客さまのお相手をなされては？　そうです、それがいいですよ。私なら慣れていますし、それに王子さまのお妃になるアシュトリーテさまに、傷でもついたら大変ですし！」

強く言い切るケーテは、使命感に燃えるように一途で強情な顔になっていた。

妙な興奮具合にイザベラも危ぶむが、ケーテに引く気配はない。口を挟まずにいたヴィヴィは、半眼になって声を低くした。

「あぁ、そういうこと……。ケーテ、あんたの手伝いはいらないの。こんな所で突っ立ってるだけ時間の無駄。邪魔しないでくんない？　だいたい慣れてるって何？　支度の手伝いされたことないんだけど。ほら、早く使用人頭への連絡しな。言われたことだけやってればいいの」

冷たく言い放つと、ヴィヴィは追い払うように手を振る。そのままリーテを引きずるように歩き出しても、顔を真っ赤にしたケーテは追ってこなかった。

「ヴィヴィ、いったい――」

何故そこまで冷たくするのかと問おうとすれば、ヴィヴィは違う話を振る。

「てか、リーテ大人しくない？　不気味なんだけど」

階段を上り、寝室に入る間もリーテは足を動かさないだけで目立った抵抗はしない。普段なら、泣いて嫌がるところなのだが。

「さすがにお客がいる中では騒げないんじゃない？　ねぇ、リーテ？」

リーテが騒ぐのは、同情を引いてやりたくないことを回避するため。言わば、ふりなのだ。

だからイザベラも容赦なく叱り、改善させようと努めてきた。

リーテを椅子に座らせ、イザベラは手早く足の爪を処理する。痛みなど今は構ってられない。着替え用の衝立を出し、リーテを覆い隠す。水差しから洗面器に水を張ると、体を拭くための布を絞りリーテに向き合った。

「……行かなきゃ、いけない？」

服を脱がせ背中を拭き始めると、リーテはなおも決心がつかない様子で呟く。

「てか、リーテは王子さまに会いたくないの？」

衝立の向こうでドレスを選ぶヴィヴィの問い。リーテに迷いはなかった。

「会いたい。…………王子さまには、会いたいよ」

ドーンのことで、王子への気持ちまで恐怖に変わってしまったかと心配していたイザベラは安堵の息を吐く。土壇場になってしまったが、聞くなら今だろう。

「何が不安なの。舞踏会でも王子さまから逃げたのは、理由があるんでしょう？　家事ができないから、お洒落が面倒だから？　違うはずよ。だって、リーテは最初こそ嫌がっていたけど、二日目、三日目は、王子さまに会いたくて舞踏会へ行ってたじゃない」

お洒落が面倒でも、王子さまに会うためにドレスを着た。その上で逃げ出したリーテの心の内を、イザベラは聞きたかった。

足の先まで拭き終え、イザベラは衝立の向こうのヴィヴィに、肌着を出すよう頼んだ。リーテの持ち物は、高価な物なら肌着までイザベラが保管している。

綺麗な肌着を着せ、衝立の向こうに押し出しながらイザベラは聞いた。

「ねぇ、リーテ。気づいてる？　あたしが無理矢理お風呂に入れる時、ちゃんと嫌だって言うでしょ。なのに、どうして舞踏会に行くにも、硝子の靴を履くにも、嫌だって言わなかったの？」

今も、リーテは身支度を進めるイザベラに押されるまま、肌着姿で衝立から歩き出している。男性に恐怖するリーテが、三度顔を合わせただけの王子のために嫌いなことをしているのだ。

俯くリーテは、か細い声で答えた。

「嫌だよ……、お城に行くのは。だって、みんないないんでしょ？　わたし一人になるんでしょ？　そんなの、怖いし……寂しい、よ。寂しいけど……」

細い首筋を見下ろし、イザベラはまだリーテが子供であることを実感した。あと一年は社交界に出る予定さえなかったのだ。突然迫られた人生の選択に答えられるほど、大人ではない。けれど、すでに答えは決まってしまった。何より、リーテの中では無意識に選んでしまっているようにイザベラには思える。

「リーテ、変わったわ……。あたしがどれだけ怒っても、全然変わろうとしなかったのに。王子さまに出会って一発で変わっちゃったんだもの。びっくりよ」

努めて明るい声を出せば、意図を尋ねるようにリーテが振り返った。

「少なくとも、あたしに怒られるより、家事をするほうが優先だったじゃない。それが、王子さまに会えなくなった途端やめちゃって。それって、家事よりも王子さまのほうが、リーテの中で大きな存在になってるってことでしょ」

イザベラの指摘に、リーテは瞳を瞬かせる。考えたこともなかったと、表情が物語っていた。

化粧台の前に座らせ、イザベラは金の髪を梳る。

「変わるっていうのは、何も怖いことばかりじゃないわ。今回に関しては、リーテにいい変化だとあたしは思う。だって、今まで自分の好きなことしかしなかったリーテが、誰かのために嫌なこともしようって、無自覚でも思ってるからこうして大人しくしてるんじゃない」

「でも……、お洒落って面倒で、わたし嫌い」

反論するリーテに覇気はない。本当に嫌なら、走って逃げ出すことをイザベラは知っている。

「でも、こういうことしなきゃ王子さまに会えないから我慢してるんでしょ？　リーテは王子さまと一緒にいたいんでしょ？　だったら、自分の気持ちを大切にしなきゃ。家族と王子さま一人を比べてる時点で、どっちがリーテにとって大きな存在かなんて、決まってると思うけど」

梳いた髪を仮に束ねて頭上に結い、イザベラはリーテの化粧に取りかかった。されるがままながら俯きがちのリーテは、小さく繰り返す。

「……寂しい……」

「確かに、結婚のために家を離れたらそう簡単には戻ってこられないわ。でも、時間は待ってくれないの。王子さまも待ってくれるかわからないわ。その点、家族はいつでも待っててあげられる。――頻繁には無理だろうけど、フェルローレン男爵家はリーテの家なんだもの、帰ってきていいのよ。そうねぇ、急だったから忘れ物したとか、ちょっと病気で静養したいとか理由つければ、ひと月に一回くらいは帰って来られるんじゃないかしら」

驚き顔を上げたリーテに微笑みかけると、ドレスを選んでいたヴィヴィが茶々を入れた。

「月一とか、それ、頻繁って言うから。――ほら、ドレスはこれでいいっしょ」

装飾品と共にヴィヴィが用意したのは、舞踏会最終日に着ていた銀糸の刺繍が施された白いドレス。三回目はリーテも脱出に慣れたのか、一番汚れも損壊も少なく済んだドレスだった。

「てか、お妃になるなら面倒なことみんなお付きがやってくれるって。ベラは自分でしろって怒るけど、お付きは私がやりますぅって喜んで世話焼くっしょ」

口うるさい義姉がいない分、快適かもしれないとヴィヴィは意地悪く笑った。

「口うるさくて、悪かったわね。……でも、確かにお妃さまのお付きなんて、十人以上いるんじゃない？　それなら、寂しさも忘れるかもしれないわよ」

迷うリーテの背を押すように、イザベラは言葉を連ねた。

「お裁縫と、たまの料理というか、お菓子作りくらいかしら？　できることは少なくなるけど、王子さまともう会えないって、悲しむ必要はなくなるのよ」

イザベラとヴィヴィに首を巡らせたリーテは、でもと呟いた。

「えぇと、ほら！　リーテにべた惚れの王子さまだもの。リーテは王子さまが好きって甘えていればいいだけなのよ。きっと今より楽な暮らしになるわ！」

イザベラはリーテの気を盛り上げようとするが、赤く彩った唇から零れるのは迷いの言葉。

「でも……、わたしドミニクに襲われたし………」

思わぬ言葉にイザベラは勢い込んで叫びそうになる。

「それは……！　――リーテのせいじゃないわ。あんたは何も悪いことしてない。黙ってればばれないわよ。痕の残っている怪我は、転んだとでも言って誤魔化せばいいの」

ドーンの件でリーテは被害者だ。嫌なことを忘れるためにも、王子と幸せになるべきだ。

イザベラは仮に纏めた髪を、舞踏会の夜を再現するように結い上げる。

「ほら、笑いなさいよ、リーテ。舞踏会で王子さまと踊ってる時、自分がどんな顔していたか知ってる？　――今なら、いい方向に変わって行けるのよ。あたしに無理強いされるんじゃなく、自分の意志で変われる好機なの。逃す手はないわ」

拳を握ってリーテに言葉を向けるイザベラに、ヴィヴィは苦笑いしながら肩を竦めた。

「てか、ここまできて逃げ出したんじゃ、また後悔するだけじゃん。逃げて良かったなんて思わなかったんでしょ？」

ヴィヴィは半眼になって意地悪く笑うと、コルセットを差し出した。

腰の括れを作り、絹の靴下と手袋をつけさせる。ドレスを着せ、整え、靴は普段のものを。

装飾品も整え一度離れたイザベラは、リーテの表情を確かめて頷いた。

「さ、これであの靴さえ履けば準備万端！　………行くでしょ、リーテ？」

「うん……。やっぱり、このまま王子さまに会えないのは………、いやだよ」

リーテは確かに頷き、寝室を出た。階段にリーテが現れると、廷臣たちは感嘆の声を上げる。

「おぉ……！　まさに、謎の美姫！」

見間違いではないと、台座を抱えた廷臣は階段の下に揃った硝子の靴を置いた。

イザベラが手を貸し、靴を履き替えるリーテを支える。

全員の視線が足元に集中した時、リーテはイザベラの耳元に囁いた。

「ありがと、イザベラ。わたし、舞踏会に行って良かった」

「………っ」

緩みそうになる涙腺を、イザベラは歯を噛み締め堪える。

「次に、会うのは……、結婚式ね」

胸に湧き上がる感情を抑えつけ、イザベラはリーテの手を放した。

華奢な背中が玄関の向こうに消える。

今生の別れではない。感傷的になる心中を落ち着けようとイザベラが息を吸い込んだ。途端、階段横で義父の声が上ずる。

「えぇ……！　そんな、いや、今なんと？」

ヴィヴィと顔を見合わせたイザベラは、手摺り越しに覗き込む。義父に相対するのは、一人の廷臣とケーテだった。

「お、お待ちください！　ケーテを、ケーテを城に連れて行くと？」

「ええ……！」

姉妹揃って声を上げれば、咳払いする廷臣は決定事項だと言う。

「今一度、お考え直しを。何故ケーテなのです？　おやめになったほうが……」

思い止まらせようとする義父に、廷臣は不審も露わな顔で目を眇めた。

「ふん、どんな不都合があるのだ？　申してみよ」

「そ、それは……」

他家の醜聞にも繋がるケーテの思い違いに、気の優しい義父は言い淀んだ。

「問題がないならこれで。私も忙しいのだ。早く城へ戻らなければならん」

廷臣は義父に背を向ける。玄関に向かうケーテは顎を上げ、いつの間に用意したのか鞄を一つ手にしていた。

「あ、あぁ……。また、何かしでかしては……うぅ」

不安がる義父の喘ぎだけが、人気のなくなった玄関広間に広がる。

「うへぇ……、どんな魔法使ったらこうなんの？」

呆れ驚くヴィヴィの横で、イザベラは去っていくケーテを見詰めたが、元男爵家の使用人が屋敷を振り返ることはなかった。

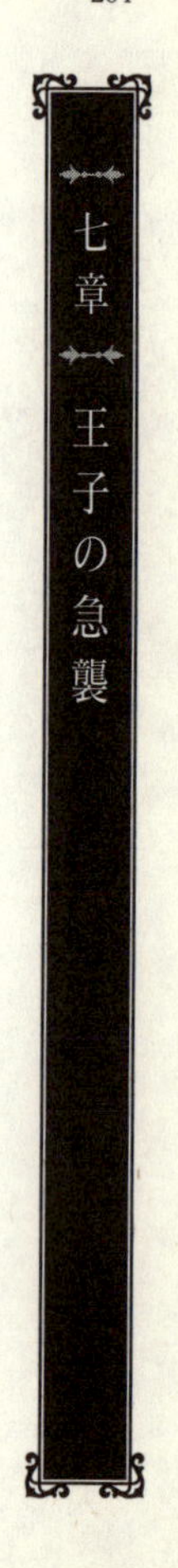

七章　王子の急襲

「うぅん……！　朝もだいぶ暖かくなってきたわね」

リーテが城へ上がってから、二日後の朝。イザベラは朝靄のかかる湖へ散策に出かけていた。

水の匂いを吸い込んで伸びをしたイザベラは、息を吐き出すと共に肩を落とす。リーテを心配する必要がなくなり、手持ち無沙汰と寂しさを持て余し、散歩に出たのだが気分は晴れない。

ヴィヴィは最近頻繁に外出しており、義父は娘の突然の嫁入りで忙しくなっている。母は甲斐甲斐しく夫を支えていた。やることがないのはイザベラだけ。

視線を落とすと草からスカートに朝露が移っている。イザベラはハンカチで露を払った。

「なんだ、やったハンカチを使っていないのか」

思わぬ声に身を硬くしたイザベラが顔を上げれば、意地悪く笑むクラウスが立っていた。

濡れた草を踏むには勿体ない靴を視認して、イザベラは嘆息を吐いた。

「……あんなハンカチ、普段使いにできるわけないでしょ。いつもこんな所で何してるのよ？」

「なんだ、俺が散歩をしてはいけない場所でもあるのか？」

眉を上げ不服そうに声を低めるクラウスの碧眼は、イザベラの持つハンカチに注がれている。

気づかないイザベラは、ハンカチを仕舞って肩を竦めた。

「少なくとも、ここはクラウスに似合う場所じゃないわね。ただの散歩なら場所を変えたほうがいいわよ。じゃなきゃ、水濡れで劣化した靴を見た使用人が卒倒するわ」

散歩を切り上げようかと考えていたイザベラに、クラウスは朝露も気にせず距離を詰めた。

「全く、お前は……。使用人の心配をするよりも、そのつまらない顔をどうにかするべきだな」

「何よ、つまらない顔って？　あいにく、不機嫌そうな顔は生まれつきよ」

会っていきなり他人の顔を批判するなと、イザベラは相変わらず不躾なクラウスを睥睨した。

「そういうことじゃない。また覇気のない顔をしているから、つまらないと言ったんだ。――お前を悩ます義妹はもう、王子の下にいると言うのに」

「な、なんであんたがそのこと知ってんのよ！」

驚愕するイザベラに、クラウスは片眉を上げて失笑した。

「さて、それくらいは自分で考えるんだな。それよりもお前だ、イザベラ。どうしてまた、いない義妹相手に悩むなどと器用なことをしているんだ？」

リーテ絡みで悩んでいると言い当てられ、イザベラは自身の頬を撫でる。

「考えまでわかるなんて、あたし、どんな表情してるわけ？　何処まで筒抜けなのよ？」

イザベラが思案気に呟けば、クラウスは口を手で覆いながらも、盛大に噴き出した。

「ふ……、くっくっくっ。お前は、本当に、嘘が吐けないな……くくっ」

言われて初めて、クラウスがかまをかけてリーテの話題を振ったのだと気づいた。

いいように扱われる悔しさに歯噛みしたイザベラだったが、考えてみればクラウスはリーテの事情を知っている数少ない人物。寂しさを紛らわすには、いい話し相手だった。

「……ただ、リーテがいなくなって、何をしていいかわからなくなったの。——それで、リーテの持ち物整理してみたんだけど、詩集が出てきたのよ。あたしがリーテのために買ったの。社交界に出た時に役に立つかなって。けどリーテ読まなかったから荷物の奥に埋もれてた」

自ら買ったにも拘らず、イザベラ自身手をつけていなかった流行り物の本。

「それ見つけた時に、前、クラウスが言ってたことが、わかった気がしたわ。義妹に甘えてるって。リーテも言ってたのよね。あたしが押しつけるんだって。本当、その通りだった」

社交界に出る淑女なら、流行りの詩集を押さえるべきだと思っていた。けれど、それは自分に課した理想ではなく、リーテに仮託した願望だったのだ。

日記を読み返しても、舞踏会にはしょうがなく参加するという態が、文章に表れていたのだ。それがリーテを送り込むと決めた途端に、楽しく計画したのだから身勝手にもほどがある。

「本当に、リーテが王子さまを好きになってくれて良かった」

身勝手が偶然にも幸せを招いた。そう思えば、少しは罪悪感も薄れる。

「お前は、後先というものをもっと考えて動くべきだな」

口を挟まずに聞いていたクラウスは、呆れたようにイザベラを見下ろした。

「う……。次があったら、そうするわ。やっぱり、本人の気持ちを第一に──」

「そういうことではない。全く、本当に他人のことばかりだな」

叱られるように否定され、イザベラは上目にクラウスを窺う。湖からの風に乱れる金髪を掻き上げたクラウスは、我が身を省みろと言った。

「義妹に理想を押しつけていたと言われたはずだろう。だったら、己がまず理想に近づく努力をしろ。自ら何もしない、できないと諦め、安全圏に身を置いて他人に指図するなど愚かしい」

威圧的に見下ろされ、イザベラは我が身を顧みて反省した。肌に合わないと言い訳して、社交界を遠ざけながら、リーテには舞踏会出席を強要したのだから、愚かと言われても仕方ない。

「何をしていいかではなく、今自分が何をするべきか。それを考えろ。少なくとも、義妹に強要した分くらいは己を磨く努力をすべきだ」

「…………え？　己をって、あたし？」

神妙に聞いていたイザベラは、思わぬクラウスの言葉に聞き返した。

「なんだ、その間抜け面は。我が身を省みろと言っただろう。お前はこれから第二王子の姻戚になるんだぞ。ただの木っ端貴族の娘のままでいていいと思っていたのか？」

言われて、ようやくイザベラは慌てた。気の早い廷臣から祝辞を貰い、返事に困っていた義父の姿が脳裏に浮かぶ。上流貴族との交流に悩むのは、義父に限ったことではないのだ。

「まずは、その侘しいドレスをどうにかするんだな。無地の浅葱色など、使用人のようだぞ。

やったハンカチも、普段から使うことで、下流であるというその意識を変えろ」

言い切るクラウスは、自らに上流貴族たる矜持を持つからこそ自信に溢れているのだろう。

浅葱色のドレスを見下ろすイザベラは、視界にかかった影に顔を上げた。

さらに距離を詰めたクラウスは、意地の悪い笑みを浮かべて見下ろしている。

「服装や意識を変えるだけでも人間変わるものだ。ただ、お前の前向きさはそのままでいろ。腹を探り合って保身に走る廷臣どもより、その愚かしいほどの真っ直ぐさは、よほど好ましい」

　クラウスの大きな掌を頭に添えられ、指先を動かして頭を撫でられた。

貶されたのか褒められたのか、どちらと受け取ればいいのかを悩んでイザベラは渋面になる。

「そう睨むな。もう、気安くは現れん。最後くらいは笑え」

「最後って……？　もしかして別荘地をもう引き払うの？」

　イザベラの問いに、クラウスは明確に答える気はないらしい。

約束して顔を合わせているわけではない。会話するのも数える程度だ。けれど、イザベラはクラウスと話すことが楽しくなってきていた。

　別れを惜しむ思いをそのまま浮かべると、クラウスは手を滑らせイザベラの頰に添える。

「ふふ……っ。なんだ、そんな顔もできるのか。本当にお前は、俺の予想を外してくるな」

「だから、そんな顔ってどんなよ？　別に表情作ってるつもりないんだけど」

最後まで食えないクラウスの言動に、イザベラは反発する。不意に真顔になったクラウスは、添えた手に力を込め、イザベラの顔を固定した。

近づくクラウスの顔が、焦点を合わせられないほどに迫る。目を瞠って動けなくなったイザベラの耳に、唇を弾く音が聞こえた。

離れるクラウスの顔には、満足げで意地の悪い笑みが浮かんでいる。咄嗟にイザベラが手で覆った頬には、唇の感触が残っていた。

「な、なな、なぁぁああ……！」

頬を押さえていないほうの腕を突き出し、クラウスを指差すが、言葉が上手く出てこない。

「くっ、くくく……。やはりお前は面白いな、イザベラ。これが最後と言っても、二度と会えないわけではない。必ず、また会う時は来る。暫しの別れだ」

文句も言えないイザベラを残し、クラウスは踵を返して歩き出す。振り返らない背中を見つめ、イザベラはようやく声を絞り出した。

「なんなのよ、あんたはぁぁああ……！」

フリッツは黒地の外套を纏い、国王の別荘である城の廊下を歩いていた。

高襟から前立ては鮮やかな深紅。縁飾りには金糸が煌めき、外套の黒を華やかに見せていた。

イザベラの下へ訪れる時には決して着ない礼服は、国王の居城を歩くための礼儀だ。フリッツとしては、鶏冠のように目立つ深紅を脱ぎたくて仕方がない。

「あら、あそこにいらっしゃるのはフリートヘルムさまではない？」

弾む淑女の声音に、フリッツは声と反対の方向へ廊下を曲がる。声をかけられなかったと惜しむ声音を背に、やはり目立つのは面倒だと嘆息した。

目的地に向かうには直進が近道だったのだが、また淑女の囲いに囚われては堪らない。ただでさえ時間が取れずにいるのに、イザベラ以外の女性に関わって時を浪費したくはなかった。

遠回りも致し方なしと諦めたフリッツの視線の先で、国王の別荘で堂々と廊下の真ん中を歩く人物が現れる。誰よりも威風ある立ち姿ながら、その服装は決して位に合ってはいなかった。

思わず足を止めたフリッツに、口の端を上げたクラウスは意地悪く笑いながら距離を詰める。

フリッツは表情を隠すように廊下の端に寄って頭を下げた。木陰の道で親密に顔を寄せ合ったイザベラとクラウスの姿を、記憶から強いて押し退ける。

「なんだ、今日は随分と従容としているな。顔くらい上げたらどうだ？」

落ち着いているものだと揶揄され、フリッツは遠慮なくクラウスを前に顔を上げた。

「第一王子におかれましては、粗衣を着てまでまた湖の向こうへ気ままな散策でしょうか？」

フリッツが皮肉を返せば、クラウスは王子が着るには装飾の少ない服を見下ろした。

「くく……気ままに湖の向こうへ行くのは、シュティーレ伯子息、お前のほうが頻回だろう？」

鷹揚と称されるクラウスの余裕染みた物言いに、フリッツは焦燥を覚える。イザベラの無用な煩いを避けるため、クラウスが第一王子であることは伏せたのだが、いっそ身分を明かしてイザベラ自身が距離を置くよう図ったほうが良かったかもしれない。

それとも、昔のまま気兼ねなくつき合えるよう、伯爵継嗣である身分を伝えていなかったのがいけなかったのか。伝えていれば、イザベラは自分を頼ってくれただろうか。

フリッツの思案を読んだかのように、クラウスはふと笑った。

「そう言えば、今朝は湖の向こうで朝露に濡れた菫を見つけたな」

クラウスの持って回った言い方に、フリッツは舌打ちしそうになった。多弁の薔薇のような煌びやかさなどなく、白百合のような豪華さもない。けれど菫は、一本あるだけで辺りを染める香りを持つ。小さな花から計り知れない存在感を醸すのだ。

イザベラを菫に喩えたクラウスの妙に、フリッツは素直に頷きたくはない。

何より今以上にイザベラとクラウスが近づいては、後々面倒なことになる。

フリッツは辺りに人がいないことを確認しながらも、声を低めた。

「何故、第一王子である殿下が、菫にお心を留めるのですか？」

フリッツはクラウスの喩えを借りて、はぐらかしを許さない強さで問う。

「そうだな……、薔薇や百合に飽いたと言っても、シュティーレ伯子息は納得すまい。――そうだな、湖の向こうの菫を手元に置いてみたいと思うくらいには、興味が湧いた。それだけだ」

フリッツは笑みに細められる碧眼を睨み、言い返した。

「殿下に摘まれるなら、花は抗えません。けれど、摘んだ花はいずれ枯れる。興味本位で弄んだところで、あなたの望む菫の香りは霧消するでしょう」

第一王子に望まれるなら、イザベラに拒否権はない。だからと言ってクラウスの傍に置かれてしまえば、イザベラは以前のままではいられない。

興味本位でイザベラらしさが失われるなど、フリッツには許せなかった。

フリッツの言外の牽制がわからぬほど、クラウスも鈍くない。一瞬面白くなさそうに笑みを消したクラウスだったが、思いついた様子でまた意地の悪い笑みを浮かべた。

「それが己を律する名分か？　将来を嘱望される伯爵家継嗣に望まれては、確かに抗えまい」

身分違いと笑うクラウスに、フリッツは反駁しようと口を開くが片手を挙げて制された。

「何をそう危惧する必要がある？　王家の姻戚となる者と交流を持って、何か悪いことでもあるのか？　貴賤を問わず平等に優しい紳士と言われるシュティーレ伯子息が、何を焦っている」

わかっていながら問うクラウスの意地の悪さに、フリッツは歯噛みする。姻戚などと言っても、第一王子と第二王子は腹違いであるために、将来的には皇太子の座を争う政敵なのだ。

だからと言って、まだ争いも表面化していない今、敵対する言動は避けるべきだった。アシュトリーテの夫となる第二王子は、まだクラウスと争って勝つほどの力を得ていないのだから。

答えられないフリッツの立場をわかっているクラウスは、喉を鳴らして笑うと変わらず堂々とした足取りで廊下の中央を歩き出した。

　フリッツは一度呼吸を整えると、茶色い瞳を鋭く眇め、クラウスを見る。

「悪戯に菫を摘むのなら、私は花の香りも花弁も根さえも全て、何をおいても守りましょう」

　ただの花守と笑われても構わない。フリッツは第一王子が相手だとしても、イザベラのために動くと宣言した。

「…………あぁ、そう言えば――」

　鼻を鳴らして通りすぎたクラウスは、わざとらしく声を上げる。

「ただの野草かと期待しなかったが、存外……唇の肌触りは悪くなかった」

「……っ！」

　眦を裂いたフリッツに、クラウスは肩を揺らして笑うと廊下の向こうへと消えていく。固く拳を握り締め、フリッツは歯噛みした。

「落ち着け、落ち着け……っ。ただの挑発だ。悪い冗談だ…………っ」

　一人廊下で呟くフリッツだが、言葉通りに心は鎮まってはくれない。

「七年……、再会を待ち侘びたんだ。それを、王子だからと横から攫われて堪るか…………っ」

　吐き捨てたフリッツは、来た道を戻って最短で用事を済ませることを決めた。

　今はなんとしても、イザベラに会ってことの真相を聞き出さなければならない。

　そうしなければ、フリッツは何も手につかないと、自分がわかっていた。

「ふぅ……ちゃんとやってるかしら？」

リーテが城へ行ってから三日。イザベラの黒い剛毛に櫛を入れるヴィヴィはまたかと呆れた。

「お城にも行けないのに悩んでどうすんの？　無駄な考えごとばっかしてると、白髪増えるよ」

「やめてよ。黒髪って目立つんだから！　お母さん見ればわかるでしょ」

そっくりな髪質の母がいるからこその言葉に、笑い声が返った。

「白髪になるほど考え込む必要はないよ、ベラ」

フリッツの声は室外から。開け放たれた寝室の扉の向こうで身支度が済むのを待っていた。

別荘に来てすぐは、神妙な顔でクラウスについて聞いてきたが、もう来ないと言われたことを伝えた途端、いつものフリッツになっていた。

イザベラは化粧台の前に座ったまま、室外へと声をかける。

「フリッツ、もう髪を整えるだけだから、中で待っていいのよ？」

「ベラ……、少しは自分が年頃の娘だって自覚持ったほうがいい」

紳士的に窘めるフリッツに、ヴィヴィは服に合わせ臙脂色のリボンを取りつつ意地悪く笑う。

「フリッツもう部屋入ったことあんじゃん。初めてリーテが舞踏会逃げ出した、よ、る、に」

夜中に婦女子の寝室へ。意味深に言ってヴィヴィはフリッツをからかう。

他愛ないやり取りを耳にして、イザベラは微笑んだ。フリッツが訪ねて来てくれたことも嬉しいが、ヴィヴィが一日別荘にいるのも最近では珍しかった。

リーテがいなくなってから久しぶりに感じる賑わいが、イザベラの心を弾ませる。

フリッツとヴィヴィの間で交わされる会話が途切れることはなく、耳に楽しい。傍に誰かがいるというだけで、気持ちが浮上するようだ。

そう意識するほど、イザベラは寂しいと呟いたリーテの声音を思い出す。

選択を迫られていたとはいえ、もっとリーテの声に耳を傾けるべきだった。今なら、家を離れることを嫌がった心中がわかる。我が身に置き換えて理解するのでは、まだまだ自分勝手だ。

自省していると、ヴィヴィが手にしていた櫛を置く音に顔を上げる。

「フリッツ、入ってきていいよ。――ベラ、これで完成。はい、鏡」

「え……？　だってまだ首元の髪、上げてないじゃない」

首の後ろに残った髪を触りながら、イザベラは渡された手鏡を覗き込む。映るのは不機嫌そうな自分の顔と、側面の髪だけを頭の後ろで高く固定した下ろし髪。

「何これ？　子供の時の髪型じゃない。もうそんな年じゃないわよ！」

子供っぽいと怒っても、ヴィヴィは櫛を握り直す様子はない。

「いいじゃん。いつものひっつめ髪より似合ってるって。ねぇ？　フリッツ」

室内に踏み込むフリッツの返答を待たず、イザベラは背後のヴィヴィを振り返った。

「ほら、フリッツも反応に困ってるわよ。ヴィヴィ、やり直して」

「別に……、似合わないことは、ないよ。すごく……、懐かしい」

イザベラの言葉尻に被せるように、フリッツは声を発した。首を巡らせると、見惚れるような、懐かしむような表情を向けられ、イザベラは気恥ずかしくなる。

「む、無理に褒めなくてもいいのよ、フリッツ。もう、何がしたいのよ、ヴィヴィ？」

イザベラは客であるフリッツを待たせているわけにいかず、化粧台の前から立ち上がった。

瞬間、不穏な振動が窓枠を揺らし、騒音を室内に響かせる。

「何、地響き？　なんの音、これ？」

ヴィヴィと顔を見合わせても、お互いに思い当たるものなどない。

フリッツは厳しい面持ちで、脇目もふらず別荘の正面を見下ろす窓に向かった。

「気のせいじゃなければ……、これは騎馬の音だ」

硬い表情で外を確かめるフリッツに、イザベラは声を荒げた。

「騎馬なんて狩りか兵士の移動しかないじゃない！　しかも、地響きが轟くって……っ？」

「ちょ……っ、何あれ、ありえない！」

窓に寄ったヴィヴィの叫びに、イザベラはフリッツと並んで窓の外を見る。別荘の正門には、銀色に光る鎧の列が左右に展開していた。

「なんで兵士がうちを取り囲んでるの？　嘘でしょ！」

見る間に包囲される別荘の様子に、イザベラは声を裏返らせた。

屋敷の左右にも、武装した兵士は踏み込んでいく。どうやら裏門も押さえる気のようだ。

騎馬の兵が走り込む前庭は、見る間に蹄で踏み荒らされ土埃が舞った。

「ど、どうすんの、ベラ！」

尋常ではない事態に、ヴィヴィも舌の動きが鈍る。

「と、ともかく、お義父さまに言わなきゃ！」

イザベラがヴィヴィと頷き合うと、窓を睨んでいたフリッツが息を飲んだ。

「――っ、旗印が見えた。赤い、片翼の獅子。第二王子の兵だ……っ」

「え……。王子、さま……？　どうして？」

舞踏会で見た貴公子を思い描き、庭を荒らす騎馬兵を見下ろすと、屋敷から飛び出す人影があった。イザベラは知った者たちの姿に息を飲む。

庭を荒らされないよう止めるためか、男使用人たちは腕を頭上で振るう。だが瞬く間に駆け寄る歩兵に囲まれ、使用人は次々乱暴に拘束された。

「大変……。助けなきゃ！」

イザベラが踵を返した途端、今度はヴィヴィが窓の外へと指を突きつける。

「見て！　今度は馬車来た。すごい立派なの！」

四頭立て、四輪の大ぶりな馬車の登場に、歩兵も騎兵も居住まいを正した。

馬車が玄関へ進むと、車体の側面に施された装飾にイザベラは声を荒げる。

「王家の紋章！　王族が乗ってるってこと？」

王家の紋章を使える人物が、男爵家に乗り込んでくるなど異常事態だ。

「旗印に王家の紋章……。どうやら、王子本人が来てるらしいな」

フリッツは低く呟き目を眇める。代理や側近でなく、王子本人が現れた理由を考えるように。

「まさか……、リーテに何かあったんじゃ！」

悪い想像に、イザベラはすぐさま部屋を飛び出した。後を追うヴィヴィの後ろで、フリッツは顎を摑んで考え込む。

「あれだけの騎士を動かすなんて……。だいたい、どうして兵なんか連れてくる………？」

イザベラとヴィヴィが先を争って階段を降りると、両親も玄関広間へ駆け出してきた。

「お義父さま、お母さん、大変よ！　外に兵が――！」

「王子さまも来てるっぽい！　止めようとした使用人は捕まっちゃった！」

イザベラとヴィヴィが口々に訴えた途端、玄関扉が乱暴に開かれた。

鎧を打ち鳴らして、騒々しい金属音を立てる兵士が雪崩れ込んだ。抗議の声も聞き入れられず、瞬く間に家族四人がそれぞれ兵士に両側を押さえられる。

「な、なんですかな！　いったい……、どういうことです！」

兵士二人に両腕を拘束された義父の抗議に、はためくマントを着けた騎士が叱声を放った。

「静かにしろ……！　エリック殿下のおなぁありぃぃいい！」

マントの騎士が叫ぶと、二列に並んだ兵士が左右に分かれ、悠然と歩く第二王子が現れる。煌びやかな舞踏会で見るよりも、凛々しく毅然とした佇まいのエリックは、睨みつけるようにイザベラたちを一瞥した。

何を言わなくとも、視線だけで内包した怒りを物語る王子の碧眼。そんなエリックに縋り、背後から顔を覗かせたのは、か弱く美しい義妹のリーテだった。

イザベラが安堵すると、目の合ったリーテは王子の背中に隠れる。後ろめたいとリーテがする、見慣れた仕草だ。イザベラは今のおかしな状況に、リーテが関わっていることを察した。けれど何故、妻に望んだ娘の家族を拘束するのか。兵による拘束は、罪人のような扱いだ。

「で、殿下！　いったい、これは何ごとでございますか！」

上ずった声で問う義父に、エリックはようやく口を開いた。

「何ごとだと……？　心当たりがないとは言わせないぞ。私の愛する人に継子虐めを加えておいて、許されると思うな！　怪我を負わせた罪を償わせるため、捕らえにきたのだ！」

王子の主張に困惑の叫びを上げたのは、使用人を含む男爵家の全員だった。

「安心しろ、男爵。アシュトリーテの父であるそなたを罪には問わん。だが直接手を下し、虐めの主犯となった後妻の母子は引っ立てる！　男爵、今すぐこの女と離縁せよ！」

将来妻となる者を罪人の娘にしないために、エリックは義父と母に離婚を迫った。兵士は無理矢理母を引っ張り、義父の隣から歩き出させる。

「お、お待ちください！　いったい、どうしてそのような理不尽を。いえ、いったい誰が、殿下にそのような嘘を告げたのですか！」

「嘘だと？　この期に及んで見苦しい言い訳をするな！　アシュトリーテの体には、暴行を受けた痕が残っていた。本人は転んだなどと言ったが、摑まれた指の痕も残っていたんだぞ！」

「それは違います……！　継子虐めなどではありません！」

「何が違う！　私が納得できるよう、説明してみよ！」

エリックの叱声に、義父は口ごもる。娘が婦女暴行未遂に遭ったとは、易々と言えない。

「む……、娘が、そう言ったのですか？」

義父は言葉を絞り出す。目は瞬きを忘れ、顔中脂汗が浮き、口元は力を込めすぎて震えているが、必死に誤解を解こうと気力を振り絞っているのはイザベラにもわかった。

「虐めに遭った本人だぞ。怯えて何を聞いても答えない。だが暴行の痕跡があり、否定もしないなら継子虐めはあったのだ。そう判断するに足る」

エリックの暴論に反論するよりもと、義父は説得を試みる。

「行きすぎた躾というのは、子を持つ親なら一度は経験すること。何も、理不尽に傷つけたわけでもなく、娘にも落ち度が――」

「そうやって、継子虐めを見すごしてきたのか！　幼くして生母を亡くした実の娘を見捨てるとはなんということだ。子を持つ親などと、そなたが語るな！」

エリックの怒声を聞きながら、イザベラは急速に力が抜けていった。王子の背に隠れて出てこないリーテとの、家族としての生活は、継子虐めを否定できないものだったのだろうか。

「そこまで私の勘違いと言うのなら、理由を述べよと言っているんだ！」

「の、のっぴきならぬ事情がありまして。その、こんなに大勢の前では……っ」

「衆目の前で言えもしない理由で、私の愛する人に傷を負わせたのか！」

話にならないと手を振るうエリックは、母を引っ立てるよう兵士に指示した。

「あ、あなた……。あぁ…………っ」

「お待ちください！　誤解なのです。話をお聞きください！」

引き離される父母の声を断ち切るように、ヴィヴィは強く足を踏み鳴らした。鈍い音と振動に、兵士も驚き動きを止める。

「いい加減にしろよ……っ。リーテ！」

地を這うヴィヴィの怒声に、リーテは王子越しに目を覗かせた。

「継子虐めだ？　よくもそんなこと言えるな、この恩知らず！　どれだけ時間かけたと思ってんだ……っ。別荘に来てまで舟遊びもしないで屋敷で追いかけっこしたのは、いったい誰のためだと思ってんだ、こらぁぁああ！」

怒り吼えるヴィヴィに、エリックはリーテを庇うように腕を広げた。

「そんなに怪我の理由が気になるなら――っ」

ヴィヴィが吐き捨てようとすると、エリックの後ろでリーテは激しく首を横に振る。

「ヴィヴィ、落ち着いて！　駄目よ……！」

イザベラが制止しても、ヴィヴィの殺気立った目はリーテから逸らされることはない。

「聞こえてるなら、最初から自分で喋ればいいんだよ！　優しいお義父さまがいて、使用人はみんな味方で……っ。周りに甘えきって、わがままが叶えられるのは当たり前だと思い込んでるその、甘ったれた性格が最初から嫌いだったんだ、この灰を被った馬鹿野郎！」

ヴィヴィに怯えたリーテを肩越しに確認したエリックは、声を荒げた。

「な、なんて野蛮な娘だ……っ。すぐに黙らせろ！」

エリックの命令で兵士に口を押さえられたヴィヴィは、苦悶の表情を浮かべる。

「ヴィヴィ！　ちょっと、妹に乱暴しないで！」

イザベラが助けようにも、兵士は女相手に骨が軋むほど掴んで放さない。

「とんだ嫉妬深さだな。アシュトリーテを羨むのが虐めの動機か。――男爵、これがそなたの養女の本性だ。こうして、アシュトリーテにも虐めを訴えられないよう脅していたんだろう」

忌ま忌ましそうにヴィヴィを一瞥したエリックに、義父は必死に否定した。

「そんなことは！　殿下、どうか一度人のいないところで話を聞いてください！」

「えぇい、しつこい！　衆目に聞かせられないような不実な言い訳は聞きたくない！」

義父とエリックが言い合う間にも、ヴィヴィを押さえる兵士は手加減もせず拘束を強める。

「やめて！　ヴィヴィが苦しんでるでしょ……っ。リーテ、やめさせて！」

イザベラが訴え顔を上げると、リーテを庇うようにケーテが険しい顔で睨み下ろしていた。

瞬間、理解する。王子に継子虐めを密告したのはケーテだ。

ドーンの一件で訴えた勘違いを継子虐めと言ったなら、リーテは誤解だと知っているはず。

「えぇい！　これ以上は時間の無駄だ。男爵、離縁は命令だぞ。こちらから離縁状を持たせた司祭を送る。そなたはサインをするだけでいい。いいな！」

「お待ちください！　そんな横暴、承服しかねます！」

「継子虐めには証人もいる！　最初から言い逃れなどできはしないのだぞ！」

エリックの言葉に応じて前に出たのは、やはりケーテだった。

瞬間、義父は顔を赤くして怒鳴り声を上げる。

「またか、ケーテ！　お前は反省を知らないのか！」

一瞬怯むも、ケーテは自らが正しいと疑わない様子で口を開いた。

「イザベラさまの部屋の、クローゼットを見てください！　アシュトリーテさまのご生母のお名前が刻印された装飾品がございます。遺品を横取りした理由が、継子虐め以外にありますか！」

「また早とちりをして！　それはイザベラがリーテの代わりに保管してくれているんだ！」

義父が間接的に遺品の所持を肯定すると、エリックは叱声を放った。

「家事を押しつけられた娘が、どうして装飾品などの管理ができると言うんだ！　廷臣たちも、アシュトリーテが最初に使用人のぼろを着せられていたと証言しているぞ！」

「それは、家事が娘の趣味なのです！」

ケーテへの怒りで興奮した義父は、考えもせず叫ぶ。

「そんな令嬢がいるものか！　嘘を吐くならもっとましな嘘を吐け！」

馬鹿にしているのかと、エリックは真実の言葉を受け入れない。

「えぇい！　そこまで頑なに罪を認めないのなら、男爵、そなたも一度投獄されてみるか？　頭が冷えて、離縁すると言うまで出しはしないぞ！」

「結構でございます！　妻子が無実の罪を着せられ、どうして己だけ安穏としてられますか！」

エリックと同じくらい興奮してしまった義父は、売り言葉に買い言葉で言い返す。使用人の間からは、悲鳴と呻きの交じり合った声が上がった。主人の投獄は解雇通知以上に重大だ。罪のある家に関わっていたとなれば、再就職もままならない。

頭に血が上った義父は撤回を口にせず、冷静ではないエリックも有言実行しそうな雰囲気。

「王子さまを、一度冷静にさせなきゃ……。これしかないし、それに……もしかしたら」

呟いて、イザベラは一度固く目を閉じる。

恐怖がないとは言わないが、場を収める方法を思いついたからには実行しなければ。

瞼を上げたイザベラは、緊張しすぎて感情が全て顔から抜け落ちてしまった。

「王子さま、継子虐めをした者を捕らえたいのでしたら、あたし一人を捕らえてください」

「イザベラ……！　何を言い出すの！」

叱りつけるような母の声に目も向けず、抵抗の意思がないことを示して、イザベラは腕の力を抜く。自ら申し出た出頭の意志を示すように、エリックに向かって足を踏み出せば、左右の兵士は共に前へと動き出した。

「ケーテ、あなたの言う継子虐めをしていた主犯は、あたしよね？　両親はほとんどリーテに近寄らなかったし、ヴィヴィもあたしについてしか、厨房に現れなかったはずよ」

確認すればケーテは鼻を膨らませてエリックに訴える。

「そうです！　アシュトリーテさまを怒鳴って、罵り虐めていたのは、このイザベラさまです！」

憎々しげに碧眼を眇めるエリックの肩の向こうで、怯えた目を見開くだけのリーテがいた。

もしかしたら、リーテが改心して止めるかもしれないと思ったのは、期待しすぎだったようだ。肩越しに振り返ったヴィヴィは、兵士に口を覆われたまま悔しそうに顔を歪めている。

「ふん、少しは己の罪の重さを理解したか。――よし、その者を連行せよ」

エリックは話にならない義父を見限り、主犯一人を捕らえ今日のところは済ませる様子。イザベラは胸中で安堵の息を吐いた。

半身を返したエリックの後ろから、俯き肩を竦めたリーテが現れる。上目に見つめてくる空色の瞳は、叱られる子供のようだった。

「……リーテ、別にもう叱らないわよ。王子さまの婚約者であるあんたとは、身分が違いすぎるもの。何か言えるような立場じゃないわ」

リーテは、この期に及んで現状を誰かが解決してくれると思っているようだ。縋るような視線に、イザベラは何処で間違えただろうと考えようとしてやめた。

「でも、姉妹だった時に言ったことは、撤回させてもらうわ」

喋っていないと気が遠くなりそうで、イザベラは強いて言葉を続けた。

「王子さまに甘えればいいって言ったけど、甘えて善悪の判断を投げ出しちゃいけないの。リーテはお妃になるのよ。王子さまを愛しているなら、あんたは王子さまに相応しくなれるよう、努力しなくちゃいけなかった」

最期に言いたいことは言っておこうと、イザベラは思うままに言葉を連ねる。

「リーテに惚れ込んでいるからこそ、王子さまは捕らえた罪人を生半可な罰では許さないでしょうね。王族への罪と認められれば死刑もありえるわ。あんたもあたしもそういう身分になるんだってことを、自覚しなくちゃいけなかった」

リーテの顔からは血の気がなくなり、引き攣った。瞬間、リーテの前に王子が入り込む。

「殊勝に名乗り出たかと思えば、この期に及んでまだ私の愛しい人を虐めるのか！　身分を弁えるべきはお前だ。アシュトリーテの心を乱すな！」

三歩の距離に迫ったエリックは、整っているからこそ怒りの表情に迫力があった。けれど死の恐怖に麻痺したイザベラは、浮かぶままに言葉を零す。

「……王子さま、あなたの耳目にはこれが虐めに映るんですね」

侮辱と受け止めたらしいエリックは、眦を裂いて顔を赤らめた。

「アシュトリーテを惑わせ、私との愛を阻むなら容赦はしないぞ！」

激昂するエリックは右手を振り上げた。イザベラは殴られるという危機感と同時に、妙に冷静な頭の片隅で、恋は盲目とはよく言ったものだと感心する。

瞼を固く閉じ、歯を噛み締めて、殴られる衝撃に備えた。腕が上がるなら、手で防御することもできたが、今は甘んじて受けるしかない。

「………だ……、駄目ぇぇえ！」

リーテの叫びに目を開くと、エリックの腕に涙を浮かべたリーテが抱きついていた。

「ちがう、違うの……っ。イザベラは、継子虐めなんか、してない！」

泣き彼りながら訴えるリーテに、エリックは虚を突かれて瞬きを繰り返した。

「アシュトリーテ、どういうことだ？　君の怪我の理由は他にあるのか？」

リーテの訴えに腕を下ろしたエリックだったが、疑問に答える声はない。義父でさえ言い淀む暴行の事実を、リーテ自身が口にできるはずもなかった。

エリックが優しく聞くほどに、リーテは顔色を失くして唇を震わせる。怯えを含んだ表情に、エリックの目には怒りが再燃し始めた。

「もしや……、そう言えとあの義姉に言われていたのか？」

醜聞を伝えられずに言い淀むリーテに、エリックは強要されての否定と誤解したらしかった。

「違うの、ちがう！　そうじゃないの。イザベラは違うの……っ」

否定するリーテは上手く言い繕えず、エリックの推測を後押しするようになってしまう。

狼狽えながらもエリックの腕を摑んで押し留めるリーテに、イザベラは一つ息を吐いた。

リーテはやはり、良い方向に変われている。ヴィヴィの言うように誰かが解決してくれると甘えていたはずが、不器用でも自ら動いたのだ。

今必要なのは、全員が冷静に考える時間だった。イザベラは改めてエリックに声をかける。

「王子さま、リーテが上手く喋れない今、一度お戻りになって話し合っては如何ですか？　もちろん、あたしを連行してくださって結構です。疑いが晴れていない以上、これが一番かと」

声ばかりは冷静な自分に、内心失笑した。兵に摑まれていなければ、今にも足が挫けそうだ。

腕を放さないリーテを見て、エリックは制止の声を上げる義父を見やる。

「……ふん。小賢しいことだが、お前の言には一理ある」

エリックが片手を挙げると、イザベラを捕まえている兵士二人は足を踏み出した。腹の底から湧く震えを抑えつけ、イザベラも進もうと一度目を閉じる。

瞬間、右の兵士が体勢を崩した。驚いて瞼を上げると、右の兵士が前のめりに転ぶ姿を見る。

「いくらなんでも、度がすぎるぞ。——彼女は返してもらう」

低く吐かれた制止の声に、イザベラは立ち竦んだ。

今度は左手が引かれ、イザベラの手を放した左の兵士は後ろへと引き倒される。

拘束を解かれたイザベラは、腰に回される腕に遅れて気づいた。背中に感じる力強い男性の胸に抱き留められると、耳元で聞き慣れた声がした。

「手荒ですまない、ベラ。大丈夫か？　君が連行される必要はないよ」

「フリッツ……！」

首を巡らせれば、普段の柔らかさはないもののフリッツの笑みがある。大きく胸が跳ねると同時に、イザベラの張りつめていた気持ちがほどけた。

フリッツはイザベラに微笑みかけると、茶色の瞳を第二王子に向ける。

「少しは冷静になれ、エリック。一度熱くなるとすぐに暴走するのが、君の悪い癖だ」

フリッツの向ける言葉の気安さに、イザベラは目を瞠った。唖然としていたエリックは、正気づいた様子で声を荒げる。

「どうしてここにいるんだ、フリッツ！　それに……、なんだその親密さは！」

詰問するエリックに、しっかりとイザベラを抱き込んだフリッツは嘆息を吐いた。

「俺は最初からここにいた。いつも幼馴染みに会いに行くと言って城を出ていただろう」

訳がわからずイザベラが見上げていると、フリッツは苦笑して答えてくれる。

「七年前、俺が外国に出た時、国中で大騒ぎして第二王子も留学に出されたの、覚えてない？　そして、エリックがこの春帰国した時、俺も帰国した。意味はわかるか、ベラ？」

頷くしかできないイザベラは、必死に状況把握に努めた。

「つまり、俺はエリックの学友として共に帝都へ向かったんだ。別れの時に上手く説明できていなかったし、今までちゃんと説明してなくてごめん」

驚嘆で言葉も出ないイザベラに対して、エリックは驚きを振り払い不服の目を向ける。

「知り合いだったことは、いい。だが、どうしてお前が邪魔をするんだ、フリッツ！　その者は継子虐めの主犯かもしれないんだ！」

義父の言葉も、リーテの懇願も聞き入れないエリックに、フリッツは終始冷静に応じた。

「だから落ち着けと言っているんだ。君のことだから、何を言ってもすぐには頷かないだろう。——だから、ベラが継子虐めをしていないという証拠を持って来た」

フリッツの言葉に、イザベラも目を瞠った。差し出されるのは、一冊の革装丁の本。

「きゃぁぁああ！　なんでフリッツがあたしの日記持ってるのよ！」

「雲行きが怪しくなってたから、部屋から持って来たけど？」

方法を聞いているんじゃないとイザベラが言う間にも、フリッツは片手で日記を開く。

「わかりやすいやつを探すのに手間取ったんだ。待たせて悪かった」

目の前でページを捲るフリッツは、目的のページを見つけると躊躇いもなく音読し始めた。

「今日は、リーテがクッキーを十二枚も食べた。痩せすぎな体も肉づきが良くなってる。このまま小食が直ればいいけど。干し葡萄がリーテの嫌いなものだと別荘の使用人は知らないようだった。――この日は俺もいた。干し葡萄のケーキを持って来たのは、そこにいるケーテだ」

一瞥を向けられたケーテが何を言う前に、フリッツは次の文章を読む。

「リーテの服はあたしのクローゼットに邪魔になるくらい仕舞ってある。思わぬ形だけど、これが役立つ時が来た。リーテは好きにしていいなんて言うけど、色黒のあたしがあんな可愛い色のドレス着るわけないでしょ、全く。ちゃんとリーテが着られるように再利用しなくちゃ」

赤裸々な文章に、イザベラは恥ずかしすぎて両手で顔を覆った。

「次は舞踏会の前日だ。――ドレスがなんとか縫い終わりそう。徹夜になるけど、明日のために頑張ろう。まだ舞踏会に行けないリーテでも、念のため先妻の遺品を持って来て良かった。本人は興味ないみたいだけど、とっても趣味のいい品ばかりで勿体ないわ。これでリーテが王子さまの目に留まれば、先妻も少しは浮かばれるかな？　ドレスの直しはリーテにも手伝ってもらったから大丈夫だけど、靴はしょうがない。あたしのを貸そう。お気に入りの硝子の靴だけど、あたしよりリーテのほうが似合うのがちょっと悔しい」

「もう……っ、やぁめぇてぇぇええ！」

日記を読み上げられる羞恥に耐えられず、イザベラは腹の底から声を出す。肩で息をしていると、大丈夫かと元凶のフリッツが声をかけてきた。

「フリッツ！　こんなの公開処刑みたいなものじゃない！」

恥ずかしいと怒鳴れば、エリックは本当に書いてあるのかと、日記を渡すよう手を出す。

「やめて！　ちょっとフリッツ、渡さないでよ……っ。リーテ、あんたは見なくていいの！」

エリックとリーテは、遠慮なく他人の日記を読み込んでいった。ざわめきが玄関広間を満たす中、兵士の腕を口から振り払ったヴィヴィが声を上げる。

「ちょっと、フリッツ！　茶色の、日記とは違う本、持ってきて！」

何を指すか、持ち主であるイザベラはわかりすぎるほど、わかる。フリッツを止めようと肩越しに振り返ると、フリッツは脇に挟んでいた茶色い装丁の本を取り出した。

「言われずとも。これが一番、ベラの本音がわかるからな」

すでにフリッツの目に触れたという事実に、イザベラは声にならない悲鳴を上げた。

「あたしの、人生設計……？」

エリックが読み上げるタイトルに、イザベラは恥ずかしすぎて気力が尽きる。読み上げるエリックを止める言葉も出てこなかった。

「リーテは社交界デビューと同時に婚約。翌年結婚。三年以内に第一子出産。十八までにはヴィヴィも結婚。リーテの第二子出産までに子宝に恵まれることを祈る。……なんだ、これは？」

呆れたようなエリックの呟きに、イザベラは顔が火を噴きそうになった。

「……結婚祝い。出産祝い。男爵のために孫の肖像を描かせる代金。妹が縫う産着の布代」

並ぶ数字の項目を口にするエリックに、フリッツは長大な計画だろうと苦笑する。

「このあとも見てくれ。孫が成人する頃には、男爵が加齢による病を発症する危険。医療費、療養に良い地への転居費用、経費捻出のため使用人削減案」

フリッツが読み上げる声に、イザベラは首まで赤くしてもう一度制止の声を上げた。

「ベラ、これで疑いは晴れるんだ。ここまで考えているのに、継子虐めなんてするはずがないだろ。少し我慢してくれ」

「そんなの……っ、もう！　お金に汚いみたいで恥ずかしいのよ！」

妄想した将来像を開陳される羞恥に叫べば、フリッツは自信ありげに笑った。

「これだけ細かいのに、生活設計に旅行もなし、装飾品も必要なだけ。遊興費なんて最初から計算に入れてない。ベラの真面目さが表れてる」

フリッツの指摘に、エリックも小さく頷いた。

「……確かに、これだけの文章は一朝一夕に捏造なんてできない、が――」

疑いの晴れないエリックの渋面に、フリッツはこれならどうだと、日記のページを捲り差し出した。音読しようとするエリックを制したフリッツは、腕の中のイザベラに声をかける。

「ベラ、花嫁探しに使われた硝子の靴は、城の何処で見つかったんだった？」

「いきなり何？　庭園の階段でしょ。確か、庭園の真ん中にある階段って」

「どうして靴が庭園の真ん中に置き去りにされたかは？」

「タールが塗ってあって、踏み込んだら抜けないから、靴を置いていくしかなかったじゃない」

イザベラが答えていくと、フリッツは合っているだろうとエリックに振る。日記と同じ返答であると認めたエリックは、信じられない様子で口を開いた。

「タールのことも、何処に仕掛けたのかも……、私は誰にも教えていない」

「日記に書いてあるとおり、お前の仕掛けた罠にはまったのは、アシュトリーテじゃなくベラだ。靴も初日に貸したと書いてあっただろ」

日記のとおりリーテが舞踏会へいく準備をしていたなら、イザベラの継子虐めへの疑いは薄くなる。エリックが振り返っても口を開かないリーテは、もちろん否定もしなかった。

「アシュトリーテ、この内容は――」

本当なのか、と王子が問おうとした瞬間、ケーテは大声で遮った。

「騙されてはいけません、殿下！　そのご友人も加害者です。何度もこの屋敷にやってきては、わざわざぼろを着たアシュトリーテさまを呼んで……っ。きっとイザベラさまと一緒に笑い者にしていたに違いありません！」

さすがに長年外国で共にすごした友人を疑えないエリックに、フリッツは肩を竦めてみせた。

「どうして継子虐めで家事に追われていた男爵令嬢が、相手の足を踏まずに踊れたと思う？

事前に俺が、何度も足を踏まれたからさ。ぼろの着替えはアシュトリーテ本人が面倒だと拒否したし、練習をしたくないと嫌がられて、部屋の隅に座り込み臍を曲げられたこともある」

それを見間違えたのだろうと、フリッツは慌てず事実を聞かせる。

「フリッツ……、それではアシュトリーテが、好んでぼろを着ていたように聞こえる」

「最初から男爵もそう言ってる。アシュトリーテの趣味は家事だ。ベラが日記にも書いているとおり、装飾品やおしゃれには興味がない。汚れてもいいよう、最初からぼろを着てたんだよ」

フリッツの落ち着いた説得に、エリックも冷静さを取り戻し始め、困惑の後一つ頷いた。

「どうやら……、私は早計に失したようだ。すぐに、皆を解放しろ」

兵士は命令に従い、家族と使用人を解放した。安堵の息が吐かれる中、金切り声が水を差す。

「待ってください！　殿下、どんな理由をつけてもアシュトリーテさまへの暴行の事実は消えません。傷跡はご覧になったはずです！」

ケーテは声を荒げ、ドーンの一件を喋り出した。

「私は見たんです！　顔を腫らしたアシュトリーテさまを、イザベラさまが引き摺って戻るのを。あぁ、可哀想なアシュトリーテさま。――駆け落ちを知ると、イザベラさまは私を脅しつけて、アシュトリーテさまの居場所を聞きだしました。誰が止めるのも聞かずにアシュトリーテさまを捕らえに走り、男手がイザベラさまを止めに追いかけたのを、確かに見たんです！」

リーテ本人が触れられたくないと示した話を蒸し返すケーテに、事実を知る者は口を噤んだ。

フリッツも聞かないほうがいいと、エリックに首を振る。

無言を肯定と取ったケーテは、イザベラに指を突きつけて非道を訴えた。

「アシュトリーテさまのため、私は何度でも言います！　継子虐めがあったのは、使用人全員が知っていることです。屋敷の中では旦那さまに握り潰されますから、お城へお連れくださいと、アシュトリーテさまの重大な秘密をお話ししますと、私は廷臣の方にお願いしました。暴行を受けてから、アシュトリーテさまはお部屋に閉じ込められ、使用人も濫りに近づくなと、暴行について一切口を閉じろと厳命され、私は――！」

「いい加減にしないか！　思い込みで失敗したことさえ気づいていなかったのか、お前は！」

継子虐めの一端を担っているとケーテに指弾された義父は、元使用人の思い違いの深さに声を荒げた。覚悟を決めた様子の義父は、驚きに惑うエリックへ首を巡らせる。

「殿下が娘を望まれた時に、言わなければならないことでした。秘匿したのがそもそもの間違い。リーテが怪我を負った、本当の理由をお教えしましょう。――ケーテが娘の想い人と思い違った者に襲われたのです。暴行に晒された時、イザベラは自ら盾となり、リーテを守ったのです」

ドーンの暴走を語る義父に、リーテは小刻みに首を横に振るが、男爵は全てを話し終える。

「アシュトリーテが、男に、襲われた……！」

息を飲むエリックの後ろで、リーテは絶望的な表情を浮かべる。誰の目にも、無言で怯え恐怖するリーテの反応に、真実だと知れた。

使用人の半数も知らされていなかった事実に、玄関広間が張りつめた静けさに包まれる。

「でも……庇ったと言うなら、どうしてイザベラさまに怪我がないんです。おかしいでしょう！」

抗うように反論するケーテに、ヴィヴィは侮蔑の目を向けた。

「普通に見てりゃ、ベラの腕が上がらないのわかるっしょ。リーテ抱き込んで庇ったから、背中やられたの。肩ひどく殴られて、着替えも髪も今あたしがやってるし。――てか、そろそろ自分の立場考えれば？」

冷たく言い放つヴィヴィの指摘に、ケーテは顔色を失くす。

「殿下、我が家の不始末です。その元使用人への対処はこちらでいたします」

義父は使用人頭に指示を送った。応じて拘束から解放された男手と共に、ケーテを捕らえる。

「そんな！　嫌です……っ、待ってください。私、知らなかっただけで！」

今さら何を言っても、ケーテの声に耳を傾ける者はいない。ドーンの一件で過ちに気づいていれば違ったのかもしれない。イザベラは屋敷の奥へと引っ立てられるケーテを見送った。

「殿下、どうか話をお聞きください」

硬いがしっかりとした声音で義父は呼びかけた。まだリーテの身に降りかかった事実を受け止めきれないエリックは、緩慢な動きで義父を顧みる。

「家の恥を晒す、見苦しい話をお聞かせしました。その上で……………、どうか娘との話を一度、白紙に戻していただきたい」

突然の提案に、リーテのみならずイザベラも声を失くした。

「……な、何を言っているんだ、男爵！」

慌てて口を開いたエリックに怖じることなく、義父は淡々と続けた。

「今のでおわかりでしょう。娘は子供すぎる。己の不都合に口を閉ざし、恩あるイザベラに罪を着せて保身に走った。こんな未熟者を、殿下の妃になどさせられません。──元より、社交界にも出られない娘を嫁に出すことこそ、社会的に外れた行いでした。まだ婚約も布告していない今なら、どちらも傷つかず済みます。どうか、このまま娘を置いてご帰還ください」

「ま、待ってくれ……！　早まるな、男爵！」

再考を求めるエリックと義父は、最初と立場が入れ替わっていた。決意で他に目が向けられないほど緊張した義父に他意はないが、今は立場を変えてエリックに縁切りを迫る。

女性への裁量権は、父か夫にあるのが慣例。まだ夫でもないエリックは、父であるフェルローレン男爵を超える裁量権は持っていない。

無理に連れ去り嫁にしたとなれば、エリックの瑕疵として、将来長きに渡って悪評となるだろう。まして、相手が成人していない娘となれば、国王一家の権威を損ねかねない醜聞となる。

「き、聞いてくれ、男爵。今回のことは私の軽挙だ。あの使用人の言葉を鵜呑みにし、怒りに周りが見えなくなってしまった。そなたたちには不快な思いをさせたことは詫びきれないほどだ。だが、私はアシュトリーテと別れたくない。愛してるんだ。まだ子供だと言うなら、私が責任を持って妃に相応しい淑女にしよう。どうか、考え直してくれ！」

エリックが言葉を尽くして義父の説得にかかる間、リーテはイザベラを見ていた。言外に助けてと訴える思いは、瞳からとめどなく溢れている。

嘆息を吐いてイザベラが義父を振り返ると、ヴィヴィがいつの間にか歩み寄っていた。ヴィヴィは一度、肩越しにリーテを睨みつける。

「今さら甘えられると思うな。てか、自分が何やったかわかってないの？　一度見捨てた人間に助けてもらおうなんてマジ馬鹿すぎ。やりたいことあるなら、自分でやれ。甘えんな」

「ちょっと……、ヴィヴィ」

イザベラが諫めると、ヴィヴィは半眼になって責めた。

「ベラは、甘すぎ。そんなだから、リーテはどうにかしてくれるなんて思うんだっての。ここで突き放さないと、あの子駄目になるよ」

何も自ら解決しようとしなくなる。自らの過ちを背負う覚悟さえないままに。

「別に、リーテ嫌いだから言ってんじゃないよ。一緒に住んでて情はあるから。でも、それ以上にベラがリーテのわがままで危ない目に遭うのは、許せない。……フリッツがいなきゃ、ベラ、牢屋に放り込まれてたっしょ」

ヴィヴィは瞳の奥に怒りをちらつかせ、イザベラを窘めた。

独り立ちさせるためには、突き放すことが必要。そうとはわかっていても、イザベラは迷いながらリーテへと目を向け、縋る瞳とかち合う。

泣いて甘えれば、誰かが助けてくれると信じて疑わない。実際これまでの人生で、リーテに手を差し伸べない者はいなかったが、その甘えがこの先リーテを助けてくれるとは限らない。迷った末に、イザベラは何も言わず首を横に振る。助けないという拒絶の意思表示に、リーテは泣きそうに顔を歪めた。

同時に、義父は再考を言い募るエリックを遮る。

「どうやら、まだ冷静ではないご様子。殿下、今日はお帰りください。一度娘と距離を取ってお考えになるべきです。――どうか、国を負う者として間違ったご判断をなされるな」

一度引き離されれば、リーテと面会させない権利も義父にはある。

「さぁ、リーテ。こちらへ来なさい」

義父の促しに、胸の前で手を強く握り締めたリーテは、目に涙を溜める。普段の義父ならその可憐な姿に心動かしただろうが、今は硬い表情のまま動かない。

窮したリーテは、手立てがないかと辺りを見回す。目の合ったイザベラは、もう一度首を横に振った。義姉さえ助けてくれないと知ると、リーテは絶望的に瞳を見開き、身を震わせる。

「……………嫌、いや！　この人がいいの……！」

一緒にいたいと、ようやくリーテ自身が口を開く。

瞬間、溶けるように緊張を解いた義父は、大きく息を吐き出して娘を見た。

「イザベラの言うように、自分で努力して嫌なこともしなくてはならないぞ？」

「いい、それでもいい……っ。一緒に、いたい」

「自分の思いだけに固執して、他人に迷惑をかけることがあってはいけないんだぞ？　我慢も、ずっとずっと、必要になる」

「が、頑張る。よく、わからないけど。ともかく頑張るから！」

必死の愛娘の姿に、義父は洟を啜り上げた。

心配は尽きないが、自ら嫌なこともやろうとリーテが明言したのは、初めてだった。

「ぐす……、殿下……どうか――」

言葉を詰まらせる義父に、エリックはしっかりと頷きを返す。

「男爵、頼りないかもしれないが、私が、まずは協調から教えようと思う」

「はい、お願いいたします。――リーテ、殿下のお傍でよく学びなさい」

義父の許しを得て、リーテはエリックに抱きつく。そんなリーテに、母が静かな声を向けた。

「アシュトリーテさん。今、ご自分のすべきことは、おわかり？」

母の声に身を硬くしたリーテは、促すように首を傾げられ、エリックから離れた。居住まいを正すと、その場の全員に向けて頭を下げる。

「……ごめんなさい」

「その言葉を、自分の判断で言えるようになればいいんです」

それが協調、と元家庭教師である母は最後に教えた。

謝罪するリーテの横で、エリックも居住まいを正す。

「本当に申し訳ないことをした。男爵も、夫人も。使用人に乱暴も働いた。それと、あなた方には、大変失礼なことを申し上げた。すまない」

イザベラとヴィヴィに改めて非礼を詫び、エリックは嘆息を吐いた。

「こんなことでは、まだまだだな、私は……。兄上に、笑われてしまう」

心底悔いるように声を低めるエリックを間近に見て、イザベラはふと首を傾げた。金色の髪に碧の瞳。凛々しく威風ある顔形が、何処かクラウスを彷彿とさせる。

消沈するエリックを前に、フリッツはそれよりもと息を吐いた。

「誤解が解けたのは良かったが、この状況をどうするかを考えよう。君のことだ、どうせ誰の許可も得ずに兵を動かしたんだろう?」

「うむ、私の落ち度であるから不適切な行為を叱責されるのはいいんだが……。なんとかアシュトリーテの身に降りかかった災難は言わずに、陛下や兵務長に言い訳をしたい。継子虐めを疑ったことを言えば、誤解だったとわかった理由も言わなければいけないが………」

どう説明をすれば角が立たないか。エリックは何よりリーテを案じて悩む。

婦女暴行未遂の醜聞拡散は、リーテのためにも避けたい。イザベラはヴィヴィに水を向けた。

「ヴィヴィ。あんたの悪知恵で言い訳ひねり出せない？」

「言い訳ねぇ。——王子さま自らお義父さまに挨拶に出かけたけど、リーテ狙う馬鹿が過去にいたって知ったから、警戒しすぎて兵引き連れた、でいいんじゃね？」

冗談交じりに言って苦笑いするヴィヴィは、自らもありえない言い訳とわかっている様子。

イザベラも流そうとした途端、フリッツとエリックは声を合わせた。

「それだ……！」

「え、いいの、フリッツ？ だって、そんな極端な行動——」

「エリックなら、やる。そういう性格なんだ」

イザベラに頷くフリッツへ、エリックは思案気に応じた。

「なるほど。アシュトリーテのためというのは事実だ。その言い訳、使わせてもらおう」

対策を講じようと言うエリックに、フリッツが応じ、イザベラは慌てた。

「ちょっと、フリッツ……。もう大丈夫だから、その、この腕放してよ」

「あ……、ごめん。ベラ」

放してはくれたものの、フリッツは何処か名残惜しそうに腕を解いた。離れることで改めて近すぎた距離を意識するイザベラは、熱を帯びた頬を押さえる。

真剣に話し合い出すフリッツとエリックから距離を取ると、リーテがこっそり近寄ってきた。

イザベラは改めてリーテと向き合う。

「リーテ、あたしが継子虐めしてると、思ってた？」

あえて聞くと、リーテは確かに首を横に振ってみせた。

「思ってないよ。いつも、わたしの相手してくれたの、イザベラだったから。お母さまが亡くなってから、お父さまも忙しくて、毎日わたしに構ってくれたの、イザベラだけだった。わたしのためだけに一生懸命に世話を焼いてくれるの、嫌じゃなかったよ。……だからだと思う。わたし、イザベラに甘えてたんだ。ヴィクトリアがずっと言ってた甘えてるって、そういうことでしょ？　構われるのが嬉しくて、イザベラならわがまま言ってもいいんだって、思ってた」

初めて聞くリーテの本心に、イザベラは言葉も出ない。

「甘えてて、ごめん。でも、ありがとう、イザベラ。姉妹になれて、良かった」

言葉を探すように俯いたまま喋っていたリーテは、言い終わると同時に満面の笑みをイザベラとヴィヴィに向けた。

「リーテを好きになる要素はないけど、お義父さまは優しいし、お母さんはあんたを娘として扱うし、ベラは妹として守るし。――家族だとは思ってる」

「うん、知ってる」

ヴィヴィの憎まれ口に、リーテは怯まず頷く。淡白な和解が成立した妹たちを前に、イザベラは胸に湧く高鳴りに息を詰める。

感極まって浮かぶ涙でも、今は似合わない。イザベラはそっと目元を拭って、笑みを返した。

終章　新たな約束

さざ波の立つ湖畔を、番の鳥が鳴き交わしながら泳いでいく。第二王子エリックの襲来から五日が経ち、イザベラは湖を望む木々の合間に敷物を広げて座っていた。

手元の籠の中には、パンとチーズと腸詰め。籠を手渡して、別荘から追い出すように外出を強要したヴィヴィを思い出し、イザベラは眉根を寄せる。

そんな様子に声をかけたのは、同じく訪ねた途端ヴィヴィに追い出されたフリッツだった。

「ベラ、怪我の調子はまだ悪い？　腕を動かすのが痛いなら、俺が――」

「大丈夫。それより、リーテのことでお城忙しくなってるのに、時間作ってくれたんでしょ？」

気遣うフリッツに、イザベラは手早くチーズと腸詰めを切り、パンの上に載せ手渡した。

「ごめんね、フリッツ。せっかく来てくれたのに。応接室も食堂もお客が使ってるから」

風のように駆け抜けた噂により、リーテがエリックの婚約者として城に迎えられたことはすでに広まっている。そのため、別荘には知人友人に拘らず、貴族がひっきりなしに出入りするようになり、フリッツを迎える場所がなかったのだ。

「いいよ。いつも急に来る俺が悪いんだ。ベラがいてくれるなら、文句なんてない」

　フリッツに笑みを返し、イザベラは自身の軽食の用意をしながら、また眉を顰めた。反射的に周りを素早く見回し、余人の影がないことを確かめる。

「……ベラ？　何かあったのか？」

「そういうわけじゃないんだけど。ここら辺に来ると、クラウスが羽虫みたいに何処からともなく湧いてくるから、つい」

　本当にもう来ないつもりらしく、クラウスの姿は見当たらない。気を取り直してパンの上に具材を載せたイザベラは、弾かれたように笑い出したフリッツに驚いて軽食を取り落としかける。

「ぶ、あははは！　は、羽虫って……っ。あ、あの人を？　ははは………！」

「喩えが悪いとは思うけど、本当に気づいたらいる感じだから……、そんなに面白い？」

「うん、ふふ、本人には言わないほうがいいけど……くく。今は、その認識でいいよ」

　笑いを抑えるためか、フリッツはパンにかぶりつく。笑い声こそ出さないものの、フリッツの茶色の瞳は意地悪く笑っているようにイザベラには感じられた。

　伯爵家の継嗣であるフリッツの知り合いとなれば、クラウスもそうとう身分の高い貴公子のはずだ。言われるまでもなく、羽虫などと失礼な呼びかけをするつもりはない。

　上機嫌に、伯爵家の人間が食べるには質素な食事を口に運ぶフリッツを見て、イザベラは変わらない様子に安堵した。変わらず隣にいてくれることが、嬉しい。

「……あ。フリッツ、ほら。口に食べ零しついちゃってるわよ」

盗み見ていた横顔に、パン屑がついている。イザベラはハンカチを出して、当たり前に口元へと手を伸ばした。軽く目を瞠るフリッツの表情に、イザベラは思い止まって手を止める。

また子供扱いをしてしまった。焦りで視線を泳がせるイザベラに、掲げられたハンカチを見つめていたフリッツは、顎を突き出すようにして顔を寄せる。

「ベラ、何処についてる？　自分じゃわからない」

「そ、そうよね……。ここよ。………はい、取れた」

フリッツに促され、食べ零しを拭ったイザベラは、不意に再婚とは言え新婚の父母を思い出し、耳が熱くなった。子供扱い云々より、恥ずかしいことをしてしまった気がする。

「フ、フリッツ……？　リーテがお城でどうしてるか、教えてくれない？」

恥ずかしさを紛らわすため話題を振れば、フリッツは上機嫌なまま応じてくれた。

エリックは、勝手に兵隊を動かしたことで叱られたものの、自分のためだからと一緒に罰を受けることを望んだリーテの献身により、別荘への襲来は美談として広まっているらしい。

「アシュトリーテも、俺たちが教えていた時よりずっと真面目に作法の勉強を始めているよ」

食後のお茶を飲みながら優しく微笑むフリッツに、イザベラは一度目を閉じる。

リーテの変貌を聞くと、今まで頑張ったことは決して無駄ではなかったのだと思えた。悩んだことも、足掻いたことも、胸の内の苦しみも全部。

安堵に息を吐いたイザベラは、希望が湧いたことを確信して瞼を上げる。頑なだったリーテが変われたのなら、きっと自分も今から良い方向に変わっていけるはずだ。

イザベラは意気を新たにすると、決意の目でフリッツを見つめた。

「あたし……、もう一度社交界に入る努力、してみようと思うの」

詳しくは語らないイザベラに、フリッツは探るようなことはせず優しく目を細めた。

「本当にベラは、努力家だな。しかも、他人のために行動しようとする。苦手だと言ってた社交界に入るのは、アシュトリーテのためなんだろ？」

フリッツの肯定的な受け止め方に、イザベラは苦笑を噛む。

リーテが第二王子の妃となり、今のままではいられないこともあるが、何より自らを磨く場として、社交界が適しているように思えたのだ。言いたいことも言えないままで、大広間から逃げるだけでは情けなさすぎる。

「全く他人のためってわけじゃないわ。リーテが嫌いな勉強を頑張ってるのに、姉のあたしが何もしないわけにはいかないでしょ。あたしの意地みたいなものよ」

照れ隠し半分で言うイザベラに、フリッツは何気ない様子で口を開いた。

「ベラが社交界に出入りするなら、同伴が必要になるな。……次の舞踏会も俺と行く？」

「まだ次の舞踏会の予定もないのに。何より、次は同伴者いないほうがいいんじゃない？」

舞踏会で未婚の男女が同伴するのは、交際を宣言するようなものだ。未婚の男性は交際相手がいない場合、一人で参加して舞踏相手を替えていくのが一般的だった。

「伯爵家と男爵家じゃ身分が違いすぎるから、誰もあたしとフリッツがつき合ってるなんて勘違いしないでしょうけど、何度も一緒にいると誤解されるわよ？」

真剣に心配するイザベラに、フリッツは額を押さえて項垂れてしまった。

「……そうきたか……」

呻くような呟きの意図がわからず、イザベラは首を傾げる。考え込むように瞼を閉じていたフリッツは、意を決したようにイザベラへと向き直った。

「ベラ、アシュトリーテがエリックの婚約者になるにあたって、フェルローレン男爵は陞爵することになる、と思う」

リーテの身分の低さを補うため、義父の爵位を上げるという。確かに可能性はあるだろう。

「そうなると、ベラは男爵令嬢のままではいられない。先を見越して、今から上流貴族との接し方に慣れておくほうがいいんじゃないか？」

フリッツの言葉に一理あると思い、イザベラは頷いた。慣れるにしても、上流貴族の友人などフリッツしかいないのだが。

途端にフリッツは、片膝を突いてイザベラに向き直る。

「だったら今度は舞踏会前の今の内に、同伴の約束をしてもいいだろ？」

優しく片手を掬い取るフリッツは、舞踏会の夜を再現するように居住まいを正した。心臓の跳ねる音に身を硬くしたイザベラに、フリッツは貴公子然とした笑みを向ける。

「ベラ、君はこれから社交界で誰もが注目する花となるだろう。君という稀有な花を最初に見初めた者として、その一歩を共に踏み出すため、俺と舞踏会へ行ってくれないか?」

慌てて言い繕おうとしたイザベラに、フリッツは首を横に振る。

「返事は、『はい』か『いいえ』のどっちかだ」

いつになく強い瞳で答えを迫るフリッツに、イザベラは胸中で本当にいいのかと問う。リーテのような愛らしさもなければ、ヴィヴィほど気が回る感性もない。

何よりフリッツに並び立てるほどの身分もないと言うのに、イザベラはすでに答えを選んでしまっている自分に驚いていた。

先を思えばいくらでも悩みは尽きず、フリッツの隣に相応しい自分すら思い描けない。何より、貴公子然としたフリッツを間近で見るには、まだ心の準備が足りなかった。

それでも胸に広がるのは、安らぎと高鳴り。フリッツが隣にいてくれるという嬉しさ。

イザベラは自身に戸惑いながら、確かな喜びを感じてはにかむと、手の甲には優しい口づけが落とされた。

あとがき

初めまして。お手に取っていただきありがとうございます。

この度、『いじわる令嬢のゆゆしき事情』（『灰被り異聞』を受賞時より改題）で第十四回角川ビーンズ小説大賞奨励賞をいただきました、九江桜です。

色々語りたいことはありますが、一ページは斯くも短く。今までビーンズでは一次選考も通らなかった私が、こうしてあとがきを書けるようになるとは思ってもみませんでした。

そしてこの場をお借りし改めまして、賞の選考に関わってくださった皆さま、出版に尽力してくださった皆さま、何より編集部の皆さまに御礼申し上げます。

特に優しくご指導くださった担当女史には、これからもお世話になりますという願いと共に感謝を。

イラストを担当してくださった成瀬あけのさま、私の想像の上を行くイザベラらしいイザベラを描いてくださり本当にありがとうございました。リーテもぴったりすぎて、ファイルを開いた途端、独りで仰け反ったのもいい思い出です。

それでは、この作品を皆さまに楽しんでいただければ幸い。またお会いできることを願って。

九江　桜

「いじわる令嬢のゆゆしき事情　灰かぶり姫の初恋」の感想をお寄せください。
おたよりのあて先
〒102-8078　東京都千代田区富士見1-8-19
株式会社KADOKAWA　角川ビーンズ文庫編集部気付
「九江　桜」先生・「成瀬あけの」先生
また、編集部へのご意見ご希望は、同じ住所で「ビーンズ文庫編集部」
までお寄せください。

いじわる令嬢のゆゆしき事情　灰かぶり姫の初恋

九江　桜

角川ビーンズ文庫　BB122-1　20090

平成28年12月1日　初版発行

発行者――三坂泰二
発　行――株式会社KADOKAWA
〒102-8177　東京都千代田区富士見2-13-3
電話 0570-002-301（カスタマーサポート・ナビダイヤル）
受付時間 9:00～17:00（土日 祝日 年末年始を除く）
http://www.kadokawa.co.jp/
印刷所――旭印刷　製本所――BBC
装幀者――micro fish

ISBN978-4-04-104724-8 C0193 定価はカバーに明記してあります。